詩人たちの歳月
―漢詩エッセイ―

本間洋一

和泉書院

目次

悲哀の詩人——石上乙麻呂（いそのかみのおとまろ）——

1

日本で現存する一番古い歌集は？　と聞かれたら、誰でもすぐに『万葉集』と答えられると思う。現在の年号「令和」はその中の巻五・815—846「大宰帥大伴卿（だざいのそちおおとものきょう）の宅（いえ）の宴（えん）の梅花（ばいか）の歌三十二首」の序（じょ）に「初春の令月、気淑（うるわ）しく風和（やわら）ぐ」（初春（はつはる）のよき月、気はうららかに風は穏やかである）と見えるのを出典としている。国書を出典とするのは恐らく初めてのことで、令月を一月（いちがつ）の意として用いるのは国語（日本語）の用法（本来の漢語としては二月を指す）である。

ところで、日本で現存する一番古い漢詩集は？　と聞かれて、果たしてどれほどの人が答えられるだろうか。ひょっとして大学で日本文学を学んだ人でも、「？……」と詰まり答えられない人がいるのではないかと思う。それ程に認知度が低いのではないかと思うが、答えは『懐風藻』（編者未詳。巻頭に七五一年付の序文あり）である。この詩集には七〜八世紀の作品一二〇篇、六十四人の詩人の名が見える。壬申の乱（六七二年）で天命を遂げることかなわず二十五歳で逝った大友皇子（六四八―七二）、親友大津皇子（天武天皇の皇子）の謀反（六八六年）を密告する道を選んだ河島皇子（六五七―九一）という二人の天智天皇の皇子の詩が先ず並べられているが、自らも詩文を綴られたという天智天皇、またその後継の天武天皇あたりの作が残らなかったのは、大乱があったとは言え残念なことと思う。一方で、その大乱に関わった人達の歌も残しているのが『万葉集』なのだが、ともあれ、かの集の一番最後の大伴家持（七一八？―八五）の、

　新しき年の初めの初春の今日降る雪のいやしけ吉事　（巻二〇・4516）

の歌は因幡国で七五九年正月一日に作られたもので、二書は時代的には互いに近い時期の作品で終わっていることになるようだ。対照すると、漢詩と和歌の双方を作る者の少なくな

かったことも知られる。ここでは、『懐風藻』編纂の時期に最も近い詩人の一首を読んでみることにしよう。

2

秋夜閨情

他郷頻夜夢
談与麗人同
寝裏歓如実
驚前恨泣空
空思向桂影
独坐聴松風
山川嶮易路
展転憶閨中

秋夜閨情（しゅうやけいじょう）　　石上乙麻呂（いそのかみのおとまろ）（？―七五〇）

他郷にて　頻（しき）りに夜夢（よゆめ）む
談（かた）らうこと麗人（れいじん）と同（とも）にす
寝裏（しんり）　歓（よろこ）ぶこと実（まこと）の如（ごと）きも
驚前（きょうぜん）　恨（うら）みて空（くう）に泣（な）く
空（むな）しく思いて　桂影（けいえい）に向かい
独（ひと）り坐して　松風を聴（き）く
山川嶮易（さんせんけんい）の路（みち）
展転（てんてん）として　閨中（けいちゅう）を憶（おも）う

現代語訳　故郷を遠く離れた地で夜頻りに夢をみるのです。夢の中ではうるわしくも愛しい人と語らいの時を共にしています。共寝している時は嬉しくてこれが現実のように思われるのですが、はっと夢からさめると、あなたはおらず恨めしく泣けてきてならないのです。そして、私はただただ夜空にかかる月に向かい、ぽつねんとひとり坐り松吹く風の音に聞き入るばかり。二人の間には険しい山や川が多く横たわり、道も遠く隔てられていて会うことかないません。私は幾度となく寝返りをうち眠れぬまま、今頃どうしておいでかとあなたを思いうかべております。（五言律詩）

「閨情」というのは寝室での思いということ。漢詩には「閨怨詩」というジャンルがあって、側に夫（又は恋人）のいない妻（又は女性）がひとりさびしく過ごす物憂い心情を詠む作がある。そんな詩を所収する早い頃の詩集と言えば『玉台新詠』（梁・徐陵撰。六世紀中頃の成立）なのだが、ここでは唐代の有名な七言絶句を一例に挙げてみよう。

秋閨怨　　秋閨怨（しゅうけいえん）　　張仲素（ちょうちゅうそ）（七六九？—八一九）

碧窓斜月靄深輝　　碧窓（へきそう）の斜月（しゃげつ）　深輝（しんき）靄（あい）たり

愁聴寒螿涙湿衣　　愁（うれ）えて寒螿（かんしょう）を聴（き）けば　涙衣（ころも）を湿（うるお）す

夢裏分明見関塞　　夢（ゆめ）の裏（うち）に　分明（ぶんめい）に　関塞（かんさい）を見る

不知何路向金微　　知らず　何（いづ）れの路（みち）か　金微（きんび）に向かう

（『唐詩選』）

現代語訳　みどりの窓には傾いた月の光が深く差し込んでぼんやりとして、愁いにくれるまま寒螿（コオロギの類（たぐ）いとも）に耳を傾けていると涙が衣をぬらす。夢の中ではっきりと辺境の塞（とりで）をみて、そこにいる夫を尋ねてみようとしたものの、さてあの外蒙古（そともうこ）の遠方の地の金微山（きんびさん）へと続く道はどれなのかわからない。

というように、男性が女性の身となって仮構の世界を詠み上げたものだということが理解戴けるだろうか。すると、前掲の乙麻呂詩も果たしてその類（たぐ）いの架空の産物なのだろうか。

3

時は天平九年（七三七）のこと、平城京では豌豆瘡（裳瘡とも。今日云う天然痘のこと）が大流行し、身分を問わず病死する者数知れずという状況に至っていた。実は既に二年程前に、大宰府管内で流行が始まっており、「百姓悉く臥しぬ」とか「疫瘡時行りて百姓多く死す」という程だったのが、じわじわと東方へと広がり遂に都にも及んだのであった。この危機的状況に朝廷の典薬寮（医官や医療組織を管掌する）は「水を飲むな」「大飲食するな」「魚の鱠や生魚の類、鯉・鮪・蝦や鯖・鰺・鮎・鱸などを食べるな」「酒を飲むな」「油物を食べるな」「蒜と鱠、菰と鱠を合わせ食うな」などという禁令を出すほか、薬の処方も記す通達を出しているのだが、勿論そうしたことが予防や治療の手立てになるはずもない。何やらその災禍は、令和元年の年末頃より中国の武漢あたりから急速に世界に広がり始め、多くの死者を出して今なお息まず、人々を苦悩せしめている疫災にも重ねられてならないが、それはともあれ、この天然痘を人類が克服するのは一七九八年にジェンナーにより種痘が処方されるようになってからのことである。当時は、神社への奉幣（祈りの為の供物）、仏寺での読経、種々の湯薬（今日云う漢方の処方）などが勅によって行われたと史書は記すものの、人々は無力でなすすべなく、ただただ神仏に縋り、災禍の通り過ぎるのを耐えしのぶほかはなかった。

この時、朝廷内では、政事の実権を掌握していた藤原房前（五十七歳。参議。四月没）、麻呂（四十三歳。参議。七月没）、武智麻呂（五十八歳。右大臣。七月没）、宇合（四十四歳。参議。八月没）の四兄弟が相次いで病没し、不比等（六五九―七二〇）の四子によるいわゆる「藤原四家体制」は半年もたたぬ間に潰滅してしまう。ほかに多治比県守（七十歳。中納言。六月没）も逝っているので、今日云うところの内閣（公卿は参議以上で構成される）のほぼ半数が疫病で消えてしまったことになる。この未曽有の緊急事態に治政の主聖武天皇（七〇一―五六）も流石に恐懼し、「天下の百姓の死亡すること実に多く、百官の人等も欠け卒ぬること少なからず。良に朕が不徳に由りて、この災殃を致せり。天を仰ぎて慙じ惶れ、敢て寧く処らず」などと発した詔に見えている。

ところで、物故した先の藤原四兄弟はいずれも学殖に富む人達で、武智麻呂を除く三人は父不比等と共に『懐風藻』に作品が所収されている。とりわけ、宇合は「博く墳典を覧、才は文武を兼ぬ。……特に心を文藻に留め、天平の際には独り翰墨の宗為り。集二巻有りて猶伝われり」と記され、詩集（『宇合集』二巻。現佚）のあったことも知られている。その彼には、久米若売という妻がいた。夫の死後一年半あまりを経た天平十一年（七三九）、それまで彼女は未亡人として宇合との間に生まれた幼い遺児百川（七三二―七九）を抱え、災禍による混乱の中で心細い日々を送っていたのではないかと思うのだが、何と彼女と先の詩の作者乙麻呂との密通が露見したのだった。

乙麻呂の父は左大臣まで昇りつめ従一位を贈られた石上麿（六四〇―七一七）で、宇合らの父不比等とは共に台閣（公卿）に名を列ねて、その上位に在った人であった。従って乙麻呂もいわゆる名家の貴公子という存在で、当時の彼にも十歳になる息子宅嗣（七二九―八一）がいた。その年の三月二十八日、彼は彼女を奸した罪で土佐国へ、彼女もまた下総（千葉県の北部）へと流されることになる。『万葉集』（巻六・1019―1023）には作者未詳として「石上乙麻呂卿の土左国に配せられし時の歌三首。短歌を幷せたり」が収載されている。今ここで敢て引用するなら次の一首だろうか。

父君に　我は愛子ぞ　母刀自に　我は愛子ぞ　参上る　八十氏人の　手向する　恐の坂に　幣奉り　我はぞ追へる　遠き土左道を　（巻六・1022）

父母にとって自分は愛しい子のはず、都に上る人々が手向けする恐坂の地にお供えして、私は遠い土佐への道を進み行く、と詠うあたりは、乙麻呂の心に寄添うようである。

つまり、先に掲げた漢詩一首は、こうして流謫の身となった彼の土佐での生活の中で作られたもので、「閨怨」は決して形式的なものではなく、作者の現実、生の体験に基ずく痛切な悲哀を表現したものだったと思われるのだ。

4

さて、その後の二人のことである。天平十二年（七四〇）六月、聖武天皇は庶人の安らかな生活と国家の安寧を願って大赦を下された。その時に幸いにも彼女久米若売は平城京に召還されることとなったが、乙麻呂の名はその名簿には無かった。それから更に三年の後の五月、宮中で宴が催され、その時乙麻呂は従四位上を授けられているので、その頃には既に都に戻っていたことが知られる。その後は官僚として順調に昇進しているようだ。同十六年九月には西海道巡察使に任ぜられ、十八年には治部卿で常陸守・正四位上に進み、右大弁を経て、同二十年には中務卿で、従三位・参議に至り、元正天皇大葬の御装束司をつとめ、天平勝宝元年（七四九）には中納言に昇るも、翌年九月に世を去っている。

一方彼女の方はどうであったろう。記録によれば、神護景雲元年（七六七）無位から従五位下に叙せられ、翌年には従五位上、宝亀三年（七七二）には正五位上に進み、同七年には従四位下となり、息子の死を見送った翌十一年（七八〇）六月に没している。従って彼の没後も三十年の長きを生きたということになる。乙麻呂との短くも儚かった日々は彼女の生涯にどのような影を落としたものであったろうか、それを知るすべはない。

なお土佐時代の乙麻呂の漢詩は、『懐風藻』に他に三首収められている。その伝記によると、「かつて朝遣（久米若売との一件によるお咎め）有りて、南荒（南の果ての土佐のこと）に飄寓し、淵に臨んで沢に吟じ、心を文藻に写して、遂に銜悲藻両巻有り」とあるように、いずれも『銜悲藻』二巻の別集（個人の詩文を収めた集）に収められていたものと知られる。

「心に悲しみを抱(かか)えながら紡(つむ)ぎ出された美しき詩」の集(しゅう)とでも言うべきその名称は、地位・名望のある家門に生まれ、才能抜群にして、容姿にも優れ、閑雅な趣を帯びた貴公子が、学問につとめ詩文を愛したが故に成しえた感傷的な作品集であったような気がする。その土佐での日々の醇乎(じゅんこ)たる魂の発露を自らまとめ上げる時、彼はどんな思いであっただろう。果たして、その後も詩を詠み続けることができたのであろうか、とふと思った。

5

最後に記しておきたいことがある。二人のそれぞれの息子達のことである。

藤原百川が、後に称徳帝崩御後の皇位をめぐり、文室浄三(ふんやのじょうぞう)を推す右大臣吉備真備(きびのまきび)（六九三―七七五）に対して、藤原永手(ながて)・石上宅嗣らと共に白壁王(しらかべのおおきみ)を擁立して光仁天皇として即位させたことはよく知られていよう。その腹心として枢要(すうよう)の職に在って活躍し、内外の重要な政務を掌握していたようである。また、彼が推し立てた春宮時代の桓武天皇（七三七―八〇六）にもよく忠勤し、既述したように母より一足先の宝亀十年（七七九）に参議（従三位）

で没した時には桓武に痛惜されたと伝えられている。彼の息子緒嗣（七七三―八四三）は桓武の恩寵を受けて公卿の座に昇り、『新撰姓氏録』や『日本後紀』の編纂にも従事し、娘旅子は桓武天皇の女御となり、後の淳和天皇（七八六―八四〇。勅撰漢詩集詩人）を生んでおり、後々歴史の中でも彼の系統（式家）は重要な役割を果たすことになる。

また、石上宅嗣は『万葉集』歌人としても知られ、称徳帝崩御に際し、永手・百川らと結んで白壁王を立てたことは前述したが、更に藤原良継・佐伯今毛人・大伴家持らと組んで藤原仲麻呂（恵美押勝）を排除した政治的行動も知られていよう。伝記によれば俊敏な才を有して姿儀あり、経史等を博覧して好んで詩文を賦し、書にも巧みで、淡海三船と並び当時の「文人之首」と称賛されたと言う。また、仏道にもよく通じ、自邸を阿閦寺となし、寺内の一隅に「芸亭」という日本で最初の私設図書館を設けたことは、高校の日本史でも習うことで、よく知られているに違いない。桓武朝の文人として名高い賀陽豊年（七五一―八一五。勅撰漢詩集詩人）はそこで学んだと云う。彼の賦や詩は『経国集』に見え、著述の一篇『飛錫述念仏五更讃』（一巻）は唐の国使を通してかの国に伝えられ欽戴されるところとなったと史書は記している。

詩人天皇——嵯峨（さが）天皇と小野岑守（おののみねもり）——

1

平安時代の「勅撰集」と言うと、ほとんどの人が『古今集』以下のいわゆる「八代集」、即ち『後撰集』『拾遺集』『後拾遺集』『金葉集』『詞花集』『千載集』『新古今集』を思い浮かべるようである。と言っても、高校の古典ではそのうち『古今集』『新古今集』くらいしか習わないから、大学の国文科（日本語日本文学科の呼称の方が現今では一般的かも知れない）に入って来る学生でも八代集をすらすら言える人は多くない。まして、『古今集』よりも百年も古い時代に、和歌ではなく漢詩の勅撰集があったことを知っている人となると——四十年近い歳月短大や四大の学生相手に私は授業を担当して来たが——ごく少なかったと言って良いだろう。

さて、最初の勅撰漢詩集は『凌雲新集』（八一四年。小野岑守・菅原清公らの撰）、次いで『文華秀麗集』（八一八年。藤原冬嗣・菅原清公・滋野貞主らの撰）、そして『経国集』（八二七年。滋野貞主・菅原清公らの撰）で、併せて「勅撰三集」と呼んだりもする。いずれも漢詩文を愛好された嵯峨天皇（七八六―八四二）が当時の文壇を牽引され、編纂に至ったもののようである。かの天皇は日本古典文学史上最も多くの漢詩（九七首）を今日に伝えているが、日本史上では更に上手がおられる。それは何と近代に入ってからで……大正天皇（一八七九―一九二六。御製詩集に一三六七首所収）であられると言うと、大抵の人は驚く。漢詩と言えば中国のもので、日本の宮中と言えば歌会始でお馴染みの和歌（短歌。皇室の方々には必修科目のようなものと側聞している）が念頭にあるためかも知れない。

2

さて、先ずはその嵯峨天皇の七言律詩を読むことから始めよう。

春日遊猟日暮宿㆓江頭亭子㆒　春日遊猟し日暮れて江頭の亭子に宿る

三春出猟重城外　三春　出猟す　重城の外
四望江山勢転雄　四望の江山　勢転　雄なり
逐兎馬蹄承落日　兎を逐って　馬蹄は　落日を承け
追禽鷹翮払軽風　禽を追って　鷹翮は　軽風を払う
征船暮入連天水　征船　暮れに入る　天に連なる水
明月孤懸欲暁空　明月　孤つ懸かる　暁けんと欲する空
不学夏王荒此事　夏王の此の事に荒むを学ばず
為思周卜遇非熊　周卜の非熊に遇うを思うが為なり

（『凌雲新集』）

現代語訳　春に宮城の外に狩に出かける。四方を見渡せば山河のありさまはいよいよ雄大である。兎を追い騎馬の蹄は夕陽を受け、小鳥を追って鷹の翼は軽やかな風に羽撃く。夕暮れ時に川（淀川）を下り旅ゆく船は天と水面が接する遥かかなたへと去ってゆき、明るい月がぽつんとかかっているものの空の様子から夜も明けようとしていることがわかる。あの狩に溺れて政事を怠ったという夏の王に私は学ぶつもりなどない。あの周の文王が自らの狩を占って、非熊（クマではない）、即ち師となる太公望呂尚に出会ったという故事のことを思って、こうして狩をしているのだ。

嵯峨天皇は父桓武譲りであろうか鷹狩を好まれた。今の河内の交野（淀川南）あたりは、父にとってその母（高野新笠）の百済王家の本拠地でもあり、狩場として愛好された地であった。ただ父は文華を好まず詩を作ることもなく、そこが嵯峨とは大いに異なるところだった。右の作は弘仁五年（八一四）二月、淀川北岸の山崎（京都府大山崎町）の離宮に遊猟を終えて宿泊した時の作である。題中の「亭子」は宿舎と物見をかねた建物のこと。離宮（河陽館）を指す。

この作は「情景兼ね備わって対句の調和も良い。末句には警戒の句もあり、周卜の故事を慕う意も込められ、実に秀れた作で、天皇にふさわしい詩だ」（林鵞峰『本朝一人一首』）と称賛されている。尾聯は故事をふまえているので、それを知らないと理解しにくいかも知れない。「夏王」とは夏后帝啓の子の帝太康を指し、彼は狩に熱中するあまり民政を怠って、諸侯の羿に国を逐われた（『史記』夏本紀）。「周卜」とは周の文王が事前に狩で獲られる物を占わせたところ「動物ではない」と出、結局渭水のほとりで釣糸を垂れていた、政道の良き輔佐となる名臣呂尚（太公望。後に釣人のことをそう呼ぶのはこの故事による）にめぐり遇うことになったということ（『史記』斉太公世家）をふまえている。「遊猟」と題にあるが、「遊」は今日云う「あそび」ではない。遊説・外遊などという言葉に名残を留めているが、出かけて行くとか旅をするという意味が本来のものであろう。そして、狩も気儘に馬を走らせ鷹を飛ばすようなものではなかろう。天皇のような権力者が行う場合は殊に政治的な示威行動とみた方が良いようだ。時に計画的に行われる軍事教練並の準備と布陣、統制を伴う場合もありえたのである。

想い起こせば、高校生になったばかりの頃だろうか、国語の教科書に採られていた柿本人麿の歌に、

東の野に炎の立つ見えてかへり見すれば月傾きぬ　（『万葉集』巻一・48）

という作があった。雄大な自然を詠じたもので、広がる大空の空間、その中で陽が昇ろうという時、月が西に沈みかかる、つまり夜から昼へという時間の推移を嘆じたものだ、というような説明を受けた気がする。だがこの歌は実は安騎野（奈良県宇陀市）における遊猟を舞台としており、皇位継承（天武天皇の子草壁皇子からその子軽皇子〈文武天皇〉への）を暗示させずにはおかない連作中の一首だ。従って一首だけ抜き出して写実の詠というだけで解しては十分に理解したことにはならず、政治的意図を孕む背景にも言及しなければ意義の本質に迫ることにはならなかったのではあるまいかと思う。ともあれ、狩猟と政事の関係にはそのような側面もある。本詩も嵯峨天皇には良き輔佐たる臣下を見い出したいという治政上の切なる思いが込められているとみるべきであろう。

3

当時の日本は天皇を頂点とする律令国家、即ち法律や諸制度を整備し公地公民制を基本とする中央集権の国家体制を構築すべく、大宝律令（七〇一年制定）以来百年の歳月を重ねて来ていた。嵯峨の即位（八〇九年）の十餘(よ)年前には遷都という大事業が行われている。父桓武は当初(はじめ)平城京から長岡京への遷都を企図していたのだが、それを建議推進していた藤原種継(たねつぐ)が暗殺（七八五年）されて頓挫(とんざ)し、平安京へと変更されたことはよく知られている。遷都に当たっては当然事前に都市計画がなされる。私達が今日(こんにち)日本史や古典の教科書で目にする「平安京図」、あの碁盤目(ごばんめ)のように東西南北に街路が走る都城図がそれだ。現在の京都は大都市で所狭(せま)しとビルや家屋が建(た)て込んで、街路が囲む坊も埋めつくされている感があるが、昔からそうだったわけではなく、平安時代を通しても計画通り人家が並んでいたわけではない。

あの都市計画はあくまで計画であって、平安京は左京（特に北部）あたりを中心に発展し、右京に居住者は少なく荒蕪(こうぶ／あれち)化していたようだ。つまり、平安京は未完成の都だった。延暦二十四年（八〇五）宮中で、藤原緒嗣(おつぐ)（三十二歳。参議）と菅野真道(すがののまみち)（六十五歳。参議）が召されていわゆる「徳政論争」（桓武自らが演出したその治世の総括と言って良い）が行われた。その時緒嗣が、今天下の百姓(ひとびと)の苦しむところは軍事（蝦夷(えぞ)征討）と新都造営で、これを停止すべしと主張し採用されたことでも知られよう（但し、都は断続的に少しずつ整えられた部分もあった）。確かに遷都によるインフラの整備や東北への遠征軍費は莫大な費用を要する。継続すれば財政破綻もありえたかも知れない。国庫は国内各地からの税収（租・庸・調や雑徭）が基盤となる（猶、当時は米穀経済が基本）。だが作物は自然環境に大きく左右される。今日でさえ自然の脅威の前には無力なことも少なくないから、水害・旱害、更に飢餓や疫病などに古代の人々がしばしば命を奪われ、苦悩と混乱に陥ったりするのはやむをえないのだが、民衆の苦難はまた「政事」という人為（その貧困も庶民を奈落に突き落とす）にも在った。在地の土豪や官吏の中には諸制度の間隙を突いて私欲を貪る輩も少なくなかった。従って求められるべきは、現実の民政に通じた信頼に足る有為な人材であった。嵯峨天皇が学問を奨励し、徳治の施政を推進したのも、恐らく律令国家体制が当時危機的状況に在ったからであろう。また、彼は新たに令外の官（国の法典を「令」と言うが、それに規定されている以外の官）として蔵人所という天皇直属の部署を設置している。国家の非常事態に対応し、機密の保守や人事職掌の把握、訴訟などを天皇の下に集中させ、事有れば諸衛府の兵力を動員できる軍事的な性格もあったようである。それは、桓武朝晩年から平城天皇即位、そして嵯峨へと皇位が継承される中で起こった宮廷内の事件――早良親王事件、伊予親王事件、藤原薬子（平城上皇）の変など――と無縁ではなかったであろう。信頼に足る側近を嵯峨は要めていたのである。

4

さて、治政下に有為な人材を集めるという嵯峨天皇の目論見(もくろみ)は果たして成功したのだろうか。私は多少大仰(オーバー)かも知れないが、大いに成果を挙げたのではないかと思う。次に挙げる詩の作者小野岑守（七七七―八三〇）もそうしたひとりと言ってよかろう。

　遠使二辺城一
王事古来称靡盬
長途馬上歳云闌
黄昏極嶂哀猿叫
明発渡頭孤月団
旅客斯時辺愁断

　遠(とお)く辺城(へんじょう)に使(つか)いす
王事(おうじ)　古(いにしえより)来　靡盬(いとまな)しと称(しょう)す
長途(ちょうと)の馬上　歳(とし)も云(ここ)に闌(たけなわな)らんとす
黄昏(こうこん)の極嶂(きょくしょう)　哀猿(あいえん)叫び
明発(めいはつ)の渡頭(ととう)　孤月団(まど)かなり
旅客　斯(こ)の時　辺愁(へんしゅう)　断たれんとす

誰能坐識行路難　誰か能く坐に識らん　行路の難きを
唯餘勅賜裘与帽　唯餘す　勅賜の裘と帽と
雪犯風牽不加寒　雪に犯され　風に牽かるとも　寒を加えず

（『凌雲新集』）

現代語訳　帝王にお仕えするについては、古来より心疎かなことがあってはならぬ（『詩経』に頻出する表現）というが、こうして都からの長い旅路の馬上で、はや年の暮れを迎えようとしている。聳える峰では夕暮れ時に哀しげに猿が啼き叫び、渡し場では明け方の空にぽつんと丸い月が見やられる。こんな時、旅人の自分は辺境の地を行く愁いに腸も断ちきられんばかりだが、一体誰が家に居ながらこの苦しい旅の困難を知りえよう。ただ私には帝から戴いた皮衣と頭巾がある。そのお蔭で大雪や暴風に身を攻めたてられ行く手を阻まれようと、寒さを覚えることはないのだ。（七言律詩）

延暦年間に坂上田村麻呂（七五八―八一一。征夷大将軍・陸奥守）の活躍で胆沢城（鎮守

府）・志波城が築かれ、蝦夷地は一応の平定をみていたと思うが、更に弘仁二年（八一一）、文室綿麿（七六五―八二三。陸奥出羽按察使・征夷将軍）らは先の二城の周辺における朝廷の支配を確立する為に兵を動かして成果を挙げ、官の昇叙に預り、征戍に疲弊した百姓の休息を願い出ている。翌三年には蝦夷の民の中から信任する者を長に任じ、教喩して朝制に従わせる勅なども出されて、かの地に対して懐柔策がとられたことも知られる。岑守が先の詩のように辺城（胆沢城か多賀城かは不明）に使者として旅立ったのはこの頃のことだろうか。彼の下向に先立って嵯峨天皇は次のような七言絶句を作して贈っていた（題の語順を一部改む）。

聞三吏部侍郎野美使二辺城一賜二帽裘一
吏部侍郎野美の辺城に使するを聞き帽と裘を賜う

歳晩厳冬寒最切　歳の晩の厳冬は　寒最も切なり
忠臣為国向辺城　忠臣　国の為に　辺城に向かう
貂裘暖帽宜羇旅　貂裘と暖帽は　羇旅に宜しからん

特贈卿之万里行　　特に贈る　卿が万里の行に

（『凌雲新集』）

岑守は嵯峨の少年時代から学問の指導に当たっていた股肱の臣であったからだろうか、特別な思いが込められているようだ。この務めを無事に終え帰洛すると、彼は下命を受けていた漢詩集編纂の仕上げにかかった。『凌雲新集』がそれであり、先の二首も収められている。

弘仁六年（八一五）正月、岑守は再び東北に赴くことになる。陸奥守に任じられたからである。父永見もかつて征夷副将軍・陸奥介であり、兄弟の瀧雄も出羽介に任じられていたことがあった上に、先のように使者としても現地を事前に見ていたので彼なりに情報を蓄え思案するところもあったであろうか。出立に当たっては、親交のあった空海（七七四―八三五）からも懇篤な詩「贈野陸州歌幷序」（『性霊集』巻一）を贈られているが、あまりに長篇なので今はその一部を引用するに留めておきたい。

時時来往人村里　　時々　人の村里に来往し

殺食千万人与牛　千万の人と牛とを殺食す
走馬弄刀如電撃　馬を走らせ　刀を弄んで　電撃の如く
彎弓飛箭誰敢囚　弓を彎き　箭を飛ばして　誰か敢て囚えん

などと蝦夷の武略に悩まされる様（このあたりはその時点の現実ではあるまい）を詠じ、その後で、討伐軍に応ずる者無く、君だけが帝の御心に叶って抜擢されたのだ。君はあらゆる学問に通じ、武略も心得ている。その昔舜帝は戦わずして勝利を得たと言うが、今こそ君の知略の類い無きを人々は目にすることになろう。そして、

莫愁久住風塵裏　愁うること莫れ　久しく風塵の裏に住まるを
聖主必封万戸秩　聖主必ずや万戸の秩を封ぜん

つまり、「戦の只中に在っても悲しまないでくれ。帝はきっと君の功に甚大な御褒賞で報いて下さるはずだから」と慰撫している。

岑守は辺境に在っても文雅を忘れぬ詩人であった。

在辺贈友　離合　　辺に在りて友に贈る　離合

班秩辺城久　班秩　辺城に久し
夕来夢帝畿　夕来　帝畿を夢みる
衿霑異県涙　衿は霑う　異県の涙
衣緩故郷闈　衣は緩む　故郷の闈
弦望年頻改　弦望　年頻りに改まり
弓鞍力稍非　弓鞍　力稍非なり
綿綿千累(里)路　綿々たり　千累(里)の路
帛素寄双飛　帛素　双飛に寄せん

（『文華秀麗集』巻上）

現代語訳　陸奥守としてこの城塞の任務について久しい時が流れた。夕方になると都の夢をみる。自分は遠く異郷に在って涙で衿元を濡らし、君は故郷の都で心配のあまり身もやつれ衣もゆるくなっていよう。月が盈ちては欠けるように歳月は頻りに過ぎゆき、弓を使い馬の鞍に跨がる生活に力もやや衰えてきた気がする。今こうして遥かに遠いかなたの君にと、番いで飛ぶ雁に手紙を託そうと思うのだ。（五言律詩）

この詩は「離合詩」という遊び心の窺える作だ。一聯毎に奇数句の頭字（班・衿・弦・綿）から偶数句の頭字（夕・衣・弓・帛）を引き離した後、それを合成する。するとこの詩では「琴絃」の語が浮かびあがるという仕掛けである。その意味するところは必ずしも定かではないが、彼の他の詩「別ニ故人之レ任贈レ琴」（『凌雲新集』）では、魯の宓子賤の故事（単父の地を治めた時、琴を弾くだけで世が治まったといい、その才知と仁愛の治政を嘉され、孔子から君子と称賛された）を用いている。それから類推すると、蝦夷地は平穏に治まっていることを暗に述べているのかも知れない。もっとも、詩の意味からすると、「友」へとあるものの、実は「内」（妻のこと）に宛てたのではなかったかと勘繰りたくなるのも私だけではあるまい。

5

さて、その頃四十歳を迎える彼には別に憂慮するところがあった。敢てその地に十代中ばにさしかかっていた息子を伴って来たことである。息子はすぐに土地に馴染み、何の屈託もなく日々仲間と山野を馬で疾駆し、弓矢を放つことに熱中して、勉学に精出す姿勢など一向に見せなかったからである。任を果たし帰洛したのは弘仁十年のことだったが、息子の態度に変化はみられなかった。

嵯峨天皇は詩をこよなく愛され、日頃から文人達を集めては作文会（漢詩を作る集まり。宴になることもある）を催しておられた。岑守も召されて唱和詩（相手に合わせて作った詩。同じ韻字を用いることも多い）もよく作っている。そうした会の折だったろうか、少し酒の勢いもあったかも知れない、帝の前で彼はふと息子に対する愚痴を漏らしてしまったのである。すると耳にされた帝は「岑守の子ともあろう者がどうしてまた……弓馬の士にでもなるつもりなのか」と大いに慨嘆されたという。それが息子の耳にも入った。覚醒するとはこういうことを言うのだろう、息子は忽然と学問に邁進し、やがて「当時、文章は天下無双なり。草隷の工なること古の二王（王羲之と子の献之）の倫」と絶賛される程のものとなる。息子の名は篁（八〇二―五二）と云う。そう、『百人一首』に、

　わたの原八十島かけて漕ぎ出でぬと人には告げよあまの釣舟　（『古今集』407）

を所収される歌人でもある。遺憾ながら、彼の詩文は父ほどには残っていないが、次の逸話は数多い篁伝説の中でも最も注目したいものだ。

それは嵯峨天皇が山崎の離宮河陽館――前掲の遊猟の詩と時は違うが同じ場所（16頁参照）である――に行幸された時のことである。帝は一詩をものにするやご贔屓の篁を呼び寄せて自慢気に見せ、いかがと問うた詩中の句に、

　閉閣唯聞朝暮鼓　閣を閉じて唯聞く　朝暮の鼓
　登楼遥望往来船　楼に登りて遥かに望む　往来の船

とある。すると篁は徐に「『遥』の字を『空』と致しましたなら上乗（この上なくすばらしい）と存じます」と奏上した。帝の目は一瞬大きく見開かれたが、すぐに相好を崩し、嬉しそうに篁に近付き声をおかけになった。「いやあ、実はこの句は今大唐国で一番もてはやされておる詩人白居易（字は楽天。七七二―八四六）の句なのじゃ。そなたをちょっと試してみたかった。そなたの申す通り原詩では『遥』でなく『空』に作っておる。してみるとそちの詩情はかの白居易と同じと言って良いかのう」と。当時『白氏文集』はまだ御所にしか所蔵されておらず、それも秘蔵されていたので、ほかの何人も披見することはできなかったはずなのである、と伝えられている（『江談抄』）。

日本の古典文学の世界ではもはや常識に属することだろうが、平安時代の文学表現に決定的な影響を与えたのは白居易の詩文（『白氏文集』）であった。その詩文の具体的な影響の痕跡もこの二人に見出せるのを始めとすると言って良く、九世紀中頃には「集は七十巻、尽く是れ黄金」（都良香「白楽天讃」）と貴重され、次第に詩の規範としての不動の地位を確立してゆくこととなるのである。

6

嵯峨天皇が退位を表明したのは弘仁十四年（八二三）四月のことである。皇太弟の大伴親王（母は藤原百川の娘旅子）が即位して淳和天皇（七八六―八四〇）となり、皇太子には正良親王（八一〇―五〇。嵯峨天皇第二子。後の仁明天皇。母は橘嘉智子）が定められた。実は嵯峨天皇は自身が皇位に即くとは当初思っていなかったようである。今の嵯峨野にある大覚寺はかつての帝の嵯峨山院であるが、その地に在って山水に逍遥し、琴書を楽しみ、詩文を作する生活こそ願うものであったと語っている。ところが、兄の平城天皇（七七四―八二四）が病に苦しんで退位し、思いがけず弟の自分にお鉢が回ってきたことで、その運命は素心と違うこととなってしまった。即位以来十五年に及ぶ中で、有能な官僚達も育って来ている、今こそ「以㆓万機之務㆒、委㆓於賢明㆒」という思いを果したという心情であったのだろう。帝位に未練はなかったのだと思う。

山居驟レ筆

孤雲秋色暮蕭条
魚鳥清機復寥寥
攲枕山風空粛殺
横琴渓月自逍遥
僻居人老文章拙
幽谷年深鬢髪凋
蘿戸閉来無一事
莫言吾侶隠須招

山居にて筆を驟らす

孤雲　秋色　暮れて蕭条たり
魚鳥　清機　復寥々たり
枕を攲つるに　山の風は空しく粛殺す
琴を横えるに　渓の月は　自からに逍遥す
僻居に　人老いて　文章拙し
幽谷に　年深くして　鬢髪凋う
蘿戸閉じ来りて　一事も無し
言う莫れ　吾が侶よ　隠　須く招くべしと

（『経国集』巻十三）

現代語訳　ぽつんと浮かぶ雲、秋らしい景色も夕暮れて物淋しくなり、川の魚や山の鳥の清らかな心も（音をたてることなく）またひっそりとした風情である。枕を傾けていると、山住みの家に吹き下す風が時に強く寄せ来るばかり。琴を弾くのをとどめて仰ぎ見れば、谷間の月は自と光をさしかけただよわせる。こんな人里離れた山居に人（自分）も老いて作る詩文も拙く、こうして奥深い谷に暮らして歳月を重ねすっかり髪も衰えてしまった。ツタの絡(から)む粗末な家の戸を閉(し)めると、これということもない。言わないでくれたまえ、吾が友よ、隠者を招きたいものだなどと（この私の山居こそ隠者の暮らしそのものなのだから）。（七言律詩）

こんな詩を読むと、嵯峨山院での退位後の心境の一端を詠じたものかと私は思ってしまうのである。

7

天長七年（八三〇）夏四月のことである。嵯峨山院の上皇のもとに悲報がもたらされた。岑守が急逝したのである。上皇は恐らく強い衝撃と悲痛の思いでその報を受けとめたことであろう。岑守の現存する詩は上皇に近侍した者の中で最も多く、しかもその殆(ほとん)どが奉和(ほうわ)・応(おう)製(せい)詩（帝の作に唱和したり、帝の需(もと)めに応(こた)えて作った詩）だったのである。最初に引用した詩の時の遊猟にも参加しており、その詩に和した詩も実は残されている。それは次の通りである。

奉レ和下春日遊猟日暮宿二江頭亭子一御製上

春日遊猟し日暮れて江頭の亭子に宿る御製に和し奉る

君王猟罷日云暮
江上郵亭駐綵輿
鑽石山流汲御井
郡□客館作重闈
鶏潮暁落波瀾急
蜃気朝涵瀉鹵微
空乏草沢今在否
応知天子同載帰

君王　猟罷め　日云に暮れなんとし
江上の郵亭に　綵輿を駐む
石を鑽つ山流を　御井として汲み
郡□（本文存疑）客館を重闈と作す
鶏潮は暁に落ち　波瀾急しく
蜃気は朝に涵んで　瀉鹵微かなり
草沢に空乏するもの　今在りや否や
応に知るべし　天子の同に載せて帰らんことを

（『凌雲新集』）

現代語訳　帝は狩を終えて日もここに暮れようとし、淀川のほとりの離宮に御輿をお止めになる。岩を穿ち山より流れくる川の泉を帝のお使いになる井戸として汲み、また、この地にある宿の離宮を宮殿となしてお泊りになる（一部臆測談）。鶏が夜明けを告げるまだ薄暗い時に川は激しく波立ち、朝靄が立ちこめるなか中洲がかすかに見やられる。さても草や沢が広がるこのあたりに、空しく世に埋れている者など果たしておりましょうや。おれば、帝は親しく接して同じ車に載せて宮中にお帰りになるはず、とそうどなたも御存知のはずでございましょう。（七言律詩）

帝の作のように猟の躍動的な場面は詠まれていないが、狩を終えた夕暮れ時から早朝へと時の経過が表現され、離宮周辺の佇まいが描き出されている。帝は川のほとりの草深い中で太公望呂尚を見出した文王の故事に倣いたいと詠んでいたが、岑守の尾聯では帝の賢臣を見出す目は行届いているから在野に埋れている人はもういないという口吻なのだ。彼が紛れもなく帝の治政を支える忠臣であったことをこの詩もやはり語っているような気がする。

〈追記〉

岑守の没年については本文中の天長七年（八三〇）（四月十九日。『公卿補任』『日本紀略』）とするのが通説であり、これに従ったが、筆者には聊か疑念も残る。それは『文徳実録』の小野篁薨伝（仁寿二年〈八五二〉十二月二十二日条）では、彼の父の死を天長九年のこととしているからである。『文徳実録』編纂のメンバー南淵年名（八〇二—七七）・大江音人（八一一—七七）・菅原是善（八一二—八〇）・都良香（八三四—七九）らは岑守や篁の生涯と重なる歳月を有する者達なので、その記述は看過できないようにも思われる。

一世風靡（いっせいふうび）——白居易（はくきょい）詩の伝来——

1

こんな夢をみた。

永貞元年（八〇五。延暦二十四年）春二月、唐の都長安の延康坊（えんこうぼう）に在る西明寺（さいみょうじ）という寺に旅装を解いたひとりの僧がいた。彼は前年七月遣唐大使藤原葛野麿（かどのまろ）の第一船に乗り日本を出たものの、海は荒れに荒れ、暴風雨の中で生死の境を彷徨（さまよ）いながら、遥か福州（福建省（ふっけん））の南方に辛（かろ）うじて漂着したのは八月上旬のことだった。それから更に上洛にも手間どり、都に辿（たど）り着いたのは十二月も下旬になっていた。一行は国使としての丁重なもてなしを受け、年明けた元日には皇帝徳宗に拝謁したものの、二月を前に徳宗が崩御し、順宗が即位する。大使ら一行は急ぎ帰国の準備に入っていたが、留学僧である彼は一行と別れこの寺にやって来たのである。西市にも程近く、散歩がてら出掛けてみると西域から隊商によって運び込まれた物珍しい品々が山のように並べ立てられ、多くの人で賑わっていた。少し北にある開遠門を出れば「絲綢之路」につながると云う。また、西隣りの懐遠坊には巨富を築いた者達の殿舎が甍を連ねていた。彼は高僧恵果の居る青龍寺で研鑽を積むべく申請していて、今は返書を待っているところである。

長安は春を迎えると花見の人々の車馬が頻りに行き交う。それでなくとも人と物に満ち溢れんばかりの活気ある都城内であったが、三月に入って城内のあちこちで牡丹の花が咲き始めるや、ほぼ一月は終日くり出す花見客で狂騒とも思える事態となる。彼の落着いた西明寺はその牡丹の名所としてとりわけ有名だったから、境内のあちこちに溢れる紅・紫の牡丹に人々が競って群がっている。その様を見、寺廊の隅の階に坐りながら、彼は思った、濃艶に過ぎる、と。彼のすぐ目の前には一群の白牡丹が咲いている。誰ひとり近付き愛でる者もないが、彼は密かにこれこそ好ましいと眺めつつ、故国では今頃桜が美事であろう、などと

想像ったりしていた。すると、

「『之に対えば心も亦静かに、虚白相向かって生ず（雑念がなくなる）』というところですかな？……実は私もこの白い牡丹が好きでしてね。この都では誰も目に留めないようですが、芳香は紛れもない……」

いつの間にやらひとりの男が立ち停まり、にこやかな表情で彼を見つつ、更に言葉を継いだ。

「あっ、いや……物思いの方のお邪魔をしてしまいましたかな……」

僧が目を挙げて立ち、微笑で相対して合掌すると、男も揖して去って行った。後には仄かに酒の芳香が残った。

僧の名は空海（七七四―八三五）と云う。彼は師恵果の後継となり真言密教の東漸を託され、早くも翌大同元年（八〇六）に帰国し、日本仏教界に甚大な足跡を残すことになる。また、彼に声をかけた男は白居易（字は楽天。七七二―八四六）という文人で、この時次のような詩を作り、その詩集に収めている。

西明寺牡丹花時憶元九　西明寺の牡丹の花の時に元九(げんきゅう)を憶(おも)う

前年題名処　前(まえ)の年に名を題せし処(ところ)
今日看花来　今日(きょう)　花を看(み)んとて来る
一作芸香吏　一(ひと)たび芸香(うんこう)の吏(り)と作(な)り
三見牡丹開　三(み)たび牡丹の開(さ)くを見る
豈独花堪惜　豈(あ)に独(ひと)り花のみ惜しむに堪(た)えんや
方知老暗催　方(まさ)に知(し)る　老いの暗(ひそ)かに催(すす)むを
何況尋花伴　何ぞ況(いわ)んや　花を尋ねし伴(とも)の
東都去来廻　東都(とうと)に去って未(いま)だ廻(かえ)らざるをや
詎知紅芳側　詎(なん)ぞ知らん　紅芳(こうほう)の側(かたわら)に
春尽思悠哉　春も尽(つ)きなんとすれば　思悠(こころかな)しい哉(かな)

（『白氏文集』巻九）

現代語訳　先年君（親友の元稹(げんしん)）と名前を書き付けたこの寺に、今日こうして花見にやって来たよ。ひとたび校書郎(こうしょろう)の役人となり、もう三度も牡丹の開花を見ることになった。ただ花だけが移ろい衰えゆく姿を惜しむに耐えられないのではない。人とて同じで、老いはいつの間にか急き立てるようにやってくるものなのだ。まして、共に花見に連れだって出かけた友が、東の都の洛陽に去ってしまって、まだ戻って来ないとなれば、一層心慰められることもなく切ない。君は知るまいよ、私がこうして紅の芳しい牡丹の花の側に居て、春も過ぎようとするこの時に、君のことを慕い心をゆるがせていることを。（五言古詩）

この翌年のことになるが、彼は「長恨歌」という長篇の物語詩を賦す。それは世に出るや大流行し、彼の詠んだ詩は瞬く間に人々に持て囃されるようになるのである。

だが、この時、二人は互いに名告ることもなかったし、自分達にそんな未来が待ち受けていることなど、まだ知る由もなかった。

都長安の中を忙しく奔走している男がいる。彼は遣唐使節の判官であり、大使・副使の下に在って実質的な事務方のトップとして唐側との交渉を担い、事を恙無く進めねばならぬ役割を負うていた。前年七月荒れた海路の中やっとの思いで明州（浙江省）に着いた時、大使の乗る第一船を含め他船の行方は杳として知れなかった。その後第一船が遥か南の福州に漂着したことを知るが、第二船の彼は上司の副使石川道益の客死に遇いながらも都へ先行し、大使ら一行を待ちつつ唐側との打合わせを進めていた。それで大使到着後事はスムーズに運んだものの、皇帝崩御で帰国を急ぐこととなり、準備に追われていた。彼の名は菅原清公（七七〇―八四二）と云う。彼は実は単に使節の事務方として入唐した訳ではない。日頃から思う所があった。故国では平安京遷都による新たなる国造りが行われつつある。確かに箱物と云うべき施設も大事だろうが、より重要なのは有為の人材の確保、有能な官吏の育成あってこそそれが生きると彼は思うのだ。唐の官吏登庸制度（いわゆる科挙）についてはある程度知っている。それを支えている巷間の実態を確かめたかったので、通詞と共に東市の周辺を見て廻っていた。宣陽・平康・崇仁坊の活気は大変なものであったが、殊に崇仁坊は昼夜灯火が絶えず、商店街には飲食店・書肆・楽器店等様々な店が並び、更に各地方（州）の事務所や科挙受験者の下宿が多くあり、唐土各地から選りすぐられた才学達が切磋琢磨する学舎（今日云う予備校のようなもの）も幾つかあった。彼はこうしたものこそ故国に必要なものではないかと思ったのだ。公的な教育機関のみでは自(おのず)と限界もあるが、私設のものがあればより広く人を教育でき、資質の高い者を官吏として送り出せる可能性が広がる。帰国後は自(みずか)ら実践してみることとしよう、と。書肆には既にかなりの書籍の注文を出していた。古いものばかりでなく、最近の詩文関係の書なども購入しておきたいが、帰国の日迄(まで)に間に合わぬかも知れない（当時の書物は印刷ではなく書写による）。そこで、書肆の主(あるじ)とも将来の送本について約束を取り交わしたいと思うが……そうそう大使の信頼厚かったあの空海という留学僧にもひとつ頼み込んでみようか、などとふと思い立ったりするのであった。

2

帰国後の清公は程なく大学頭(だいがくのかみ)や式部(しきぶ)省（文官の人事一般や大学寮のことを掌(つかさど)る）の要職をつとめ、文章博士(もんじょうはかせ)の職に就いて長年公的な教育の場に身を置くと同時に、「菅家廊下(かんけろうか)」と後に称される私塾を開き、学問の振興、才士の育成を推進し、嵯峨天皇以下三代の天皇の信頼を得、「国之元老(おくにのげんろう)」と呼ばれる伝説的人物とも言うべき存在となる。

寒門(かんもん)（恵まれているとは言えない家柄）出身で学問に志す少年島田忠臣(しまだのただおみ)（八二八―九二）にとって、清公・是善(これよし)（八一二―八〇）と続く「菅家廊下」に学ぶことは念願であった。清公が遣唐使節として唐土に在った時に作った詩なども好んで口ずさんだりしていたが、次の作は最も気に入りの作だった。

冬日汴州上源駅逢レ雪　　冬日汴州(べんしゅう)の上源駅(じょうげんえき)にて雪に逢(あ)う

雲霞未辞旧　　雲霞(うんか)　未だ旧(きゅう)を辞(じ)せざるに
梅柳忽逢春　　梅柳(ばいりゅう)　忽(にわ)かに春に逢う
不分瓊瑤屑　　不分(ねたきかな)　瓊瑤(けいよう)の屑(くず)の
来霑旅客巾　　来(きた)りて　旅客(りょかく)の巾(きん)を霑(うる)おせる

（『凌雲新集』）

現代語訳　ここ上源の宿場の雲や朝焼けの空は、まだ冬の気配を残しているというのに、梅や柳がにわかに咲いて春に逢った心地……と思いきや、思いがけなくも美しい玉の削(けず)り屑(くず)のような雪が降り来って、旅人（の私）の頭巾(ずきん)を濡(ぬ)らすことだ。

（五言絶句）

第三句の「不分」は当時の唐の俗語で、本朝の古訓に「ネタキカナ（イ）」とあるが、「不意に」「ゆくりなく（も）」「思いがけないことに」と訳すようである（松浦友久）。

さて、忠臣が入門した時には清公は既に亡く、是善が業を継いで、父同様に文章博士等を歴任していた。彼もまた経史書に通じ、漢詩文述作に意欲的で傑出した才を示し、十一歳の弘仁十三年（八二二）には嵯峨天皇の御前で書を読み詩を賦したと伝えられている。『東宮切韻』という韻書や詩集なども編纂して、弟子達の学びの資としているが、当時唐土で大流行し、わが国でも圧倒的に支持されていた白居易の詩文集（『白氏文集』）も菅家には備えられており、忠臣は是善の薫陶を受けて次第に詩作に熱中し、のめり込んでゆく。そんな彼の心情を端的に示したのが次の詩であろう。

吟二白舎人詩一　　白舎人の詩を吟ず

坐吟臥詠翫詩媒　　坐して吟じ臥して詠じ　翫んで詩媒とす

除却白家餘不能　白家を除却けば　餘は能えず
応是戊申年有子　応に是れ　戊申の年に子有りて
唐大和戊申白舎人始有二男子一。　唐の大和戊申の年に白舎人に始めて男子有り。
甲子与レ余同。　甲子余と同じ。
付於文集海東来　文集に付いて　海東に来るなるべし

（『田氏家集』巻中）

現代語訳　すわって吟じ、横になって詠ってみたりして、日頃から詩作の仲立として白詩（白居易の詩のこと）に親しんでいる。彼の詩を除いては他に学ぶに足るものはないとさえ思う。きっとそれは、大和二年（八二八）に白居易は男子をもうけたが、（私の生まれたのも同年で、まさにその子である私は）かの『白氏文集』と共にこの海東の日本の国へとやって来た、ということによるのであろう。（七言絶句）

また、次のような作も興味深いと思う。

早秋

七月上弦旬満時
人間半熱半涼颸
光陰漸欲催年役
夜漏初応待暁遅
百氏書中収夏部
諸家集裏閲秋詩
感傷物色還成癖
此癖無方莫肯治

早秋

七月の上弦　旬満ちる時
人間半は熱く　半は涼颸あり
光陰　漸く年の役みを催めんと欲し
夜漏　初めて応に暁の遅きを待つべし
百氏の書中　夏の部を収め
諸家の集裏　秋の詩を閲ん
物色に感傷すること　還癖と成るも
此の癖は方すこと無く　肯て治むることも莫し

（『田氏家集』巻上）

現代語訳　七月も上旬、十日ともなれば、世間の半分は熱く、半分は涼しい風も吹くというもの。時は次第に定められた役割を果たすように過ぎゆき、夜の時間も長くなって次第に夜明けの遅いのを待つなんてことにもなってくる。どれ、多くの詩人たちの書物の中の夏の季節の作をしまい込み、もろもろの作家の詩集の秋の詩を読み楽しむこととしよう。自然の風物に心を痛めたりすることがやっぱり癖になってしまってるけど、この癖ばかりは直らないようだし、敢て直そうとも思わない。

（七言律詩）

夏から秋へと季節の変わり目を詠んでいる作だ。首聯の残暑と涼気が交錯する様子は、後の凡河内躬恒の「水無月の晦の日によめる」名歌、

夏と秋とゆきかふ空の通ひ路はかたへ涼しき風や吹くらむ　（『古今集』168）

に通うものである。この詩で特に注目したいのは頸・尾聯だ。頸聯は後世の『新撰朗詠集』（巻上・早秋）に所収されていて、そこでは「白氏書中収㆓夏部㆒。誰家集裏閲㆓秋詩㆒」となっている。「白居易の詩書の夏の部に入る詩をしまい込み、誰の詩集の秋の詩を見ようか（やっぱり白居易の詩しかないわなあ）」という意味で、忠臣の白詩酷愛が一層強調されたものになると思うのだが、ともあれ、先の一首は忠臣がどのように漢詩に親しみ学んでいたかを

彷彿させる。つまり、彼は季節の変化と共にその季節に見合った先人の漢詩を読み、自らも詠作していたことが想像されるわけだ。これは推測になるが、『白氏文集』は勿論、他の先行詩（日本のものも含むだろう）などから抜書した四季分類詩集のようなものを彼が編集していた可能性さえある。詠作者の営為としてはそれも特別なことではなく、むしろ自然なことではないかとさえ私は思う。四季分類と言えば、中国製の類書（詩文表現のための事典、作例集）の『芸文類聚』や『初学記』にもその分類が見えるし、日本でも後に『千載佳句』（大江維時撰。中国詩の佳句撰集。十世紀前半成立）にもその分類法は受継がれている他、勅撰和歌集も四季分類歌から始まることはよく知られている。

そして、尾聯では、自然の景物の変化に心を揺ぶられるのが癖となり、詩作せずにはいられなくなる――白居易の云う「詩癖」とか「詩魔」ということ――と忠臣は言いたいのだ。白詩「新秋喜レ涼」にも「光陰と時節と　先ず感ずるは是れ詩人」（歳月の流れや季節の変化を先ず敏感に感じとってこそ詩人と言えるのだ）とあり、白居易にいかに忠実に学んでいたかが知られようか。

3

忠臣（ただおみ）は是善門下の中でもことに詩才を認められた人であったのではないかと思う。彼は師是善から嫡男道真（八四五―九〇三）の少年期の指導者（チューター）に指名されている。従って道真は少なからずその影響を受けたことと予想もされようが、まずは次の作を読んでみよう。

水鷗
双鷗天性静
況遇得心人
逐歩高低至
尋声向背馴
飛疑秋雪落
集誤浪花匂

水鷗（すいおう）
双鷗（そう）　天性（てんせい）静（しず）かなり
況（いわ）んや　心を得（え）し人に遇（あ）うをや
歩みに逐（したが）い　高低（こうてい）に至り
声を尋ね　向背（こうはい）に馴（な）る
飛んでは疑う　秋の雪の落つるかと
集（つど）いては誤（あやま）つ　浪の花の匂（にお）うかと

殊恨秋天暮　殊に恨む　秋天の暮れなんとするに
相離不敢親　相離れて　敢て親しまざることを
（『菅家文草』巻二）

現代語訳　番いのカモメは生まれついて（騒ぎ立てることもなく）もの静かなものだが、ましてその性格を良く理解してくれる人にめぐり会えば一層のこと（静かに水に浮かぶばかり）である。そんな人の歩く後に付き従い、高く或は低く飛び身近にやって来たり、その人の声を追いかけて、先に翔たり後ろに舞ったりして馴れ親しんでくるのだ。（白い）二羽のカモメが空に翻ると、秋の季節なのに雪が降ってきたかと疑ったり、また、水面に集うと白い浪の花が匂い立つかと思うばかりだ。とりわけ残念でならないのは、秋空の夕暮れようとするや、二羽は離ればなれとなり、敢て親しみ共に住むことがないということだ。（五言律詩）

この詩は基本的には『列子』（黄帝）に見える、男が何の企みも持たない時には鷗も自と馴れ親しんで来たが、彼が下心を持つと近付かなくなったという故事と、梁の何遜という詩人の、「双白鷗」が朝夕水上に仲良く游んでいたが、住処が違うので後に別々に飛び去ったと詠む「詠白鷗」詩をふまえて組み立てられている。この二つのポイントは類書（例えば『芸文類聚』巻九二・鷗、参照）にも所収されており、道真は当然見知っていたことだろう。こうして、先例の故事・表現を意識しながら詠んでいるということなのだ。そして、頸聯には比喩の典型的語法「疑——。誤——」を用いる。漢詩表現の基本は故事の援用と比喩の措辞に在ると思うのだが、この詩はその好例の一首であろうか。

さて、それで終わり、ではない。第五句目に見える「秋雪」の語彙である。実はこの語彙は、白居易の「和劉郎中望終南山秋雪」詩（『白氏文集』巻二六。「劉郎中」とは劉禹錫のこと）に詠まれているのを道真が学んで用いたもので、現存する限りのことではあるが、彼のこの用例が日本では最初である。劉禹錫（七七二—八四二）や白居易が用いた「秋雪」は勿論実景であるが、道真以後しばしば平安朝の詩歌に用いられた「秋雪」はすべて実景ではなく、白いものの比喩として用いられたものである。例えば、和歌でも、

衣手は寒くもあらねど月影をたまらぬ秋の雪とこそ見れ　（『後撰集』328・紀貫之）

と、白い月の光の比喩として用いられるように、である。

このように白居易の詩の影響を受けて、平安朝人が好んで使うようになった語彙・表現は少なくないが、次に少し触れておくことにしよう。

4

そうそう、その前に先の道真「水鷗」詩について、付足(つけた)しておかねばならないことがあった……それは第六句末の「匂」の字である。この字は一般に国字(こくじ)（日本で作られた漢字。「におう」「かおる」の訓あり）とされ、訓(くん)はあっても音(おん)はないはずだ。だが、「匀(ニホフ・ヒトシ)」（『類聚名義抄(るいじゅうみょうぎしょう)』）「匀(ニホイ・イン)」（『童蒙頌韻(どうもうしょういん)』）と見えるので当時の人は「匀(イン)」（匂にも作る。本来は「あまねし」「ととのう」「ひとし」の意）の異体字と考えていたふしもある。但し「匀」には本来「におう・かおる」の意味は無く、日本でその意味で用いられるようになったのは道真の時代以後のことで、国語（日本語）の用法ということになる（三木雅博）。

閑話休題(ところで)。「朧月(おぼろづき)」とか「朧月夜」という言葉は日本人なら誰でも知っていよう。ぼんやりとかすんだ春の夜の月のことだ。俳句でも春の季語としている。現今（いま）のことは知らないが、半世紀以上も昔の子ども達は、小学校の音楽の時間に必ず習う唱歌に「朧月夜」があった。

菜の花畠に　入日薄れ　見渡す山の端　霞深し……

（高野辰之詞、岡野貞一曲）

と歌い出す曲だ。日本は水蒸気の多い国（志賀重昂著『日本風景論』）だから、春の月は朦朧（ぼんやり）としてかすむことがある。それは日本的な美なのだ、なんて思っている人も少なくないようだ。しかし、水蒸気の多いのは日本だけじゃない。中国もまた『雲烟の国』（合山究著）であるからには当然「朧月」もある。そもそもこの言葉の出典は、実は白居易の七絶「嘉陵夜有レ懐」（二首のうちその二）の句に在るのだが、存外一般の人には知られていないようなのだ。

不明不闇（暗）朦（朧）朧月　　明らかならず　闇からず　朦朧たる月
非暖非寒慢（漫）慢（漫）風　　暖かきに非ず　寒きに非ず　慢慢たる風

独臥空牀好天気　　独り空(むな)しき牀(とこ)に臥(ふ)し　天気(てんき)好(よ)し
平明（生）閒事到心中　　平明(へいめい)に　閒事(かんじ)心中に到る

現代語訳　明るくもなく、さりとて暗くもなく、朧(おぼろ)にかすむ（春の）月（が出ている）。暖かでもなく、また寒くもなく、ゆったりと吹く風（がある）。（こんな春の夜に）ひとり人気(ひとけ)のない寝床(ねどこ)に横になっていて、天気が良いと（なると）、明け方には、つまらぬことが（次々と）心に浮かんできたりもするのだ。

この詩の第一句目を歌の題にとって、大江千里(おおえのちさと)という道真と同時代の歌人が、

照(て)りもせずくもりもはてぬ春の夜のおぼろ月夜にしくものぞなき

（『大江千里集』。『新古今集』55）

と詠んだことに始まる。「春の夜の朧月夜に並ぶものはない」と言い切り称賛したものの、元の漢詩句の方にそれ程の意味が込められているかと言えば……さてどうだろう。なお、

「朧月」の語自体は白居易の親友元稹（七七九―八三一）も用いているし、更に彼らより遡る例もあって、先の「秋雪」とはその点で異なりもするのだが、白居易の詩句が契機となり、王朝の詩歌人に再発見され受容されたものであったことは動かないようである。

5

紀長谷雄（中納言・文章博士。八四五―九一二）は、菅原道真が死を前にその詩集『西府新詩』（大宰府左遷後の詩集で、後に云う『菅家後集』）を託した、最も信頼を寄せた親友である。『古今集』「真名序」を執筆した紀淑望（大学頭・東宮学士。?―九一九）はその子であり、『長谷雄草紙』など説話世界でもよく採挙げられる人物なのだが、その彼に次のような興味深い長篇の七言古詩がある。

貧女吟　　貧しき女の吟

有女有女寡又貧　　女有り　女有り　寡にて又貧し

年歯蹉跎病日新　　年歯蹉跎として　病も日びに新たなり
紅葉門深行跡断　　紅葉門に深くして　行跡断え
四壁虚中多苦辛　　四壁虚しき中に　苦辛多し

女がいました、女がいましてね、やもめ暮らしで貧しい日々を送っております。重ね来た齢もはかなく過ぎて病も日々重くなるばかり。紅に色付いた落葉が門あたりに深く散り敷いて、見るからに訪れる人とてない佇まい（白居易「昭国里閑居」詩に類句あり）。家の中はがらんとして何もなくただ辛く苦しいことが多いばかり（白居易「詩酒琴人例　多㆓薄命㆒」詩に類句あり）でした、という程の意。以下同様に句を挙げ訳を添えてゆくことにしよう。

本是富家鍾愛女　　本より是れ　富家　鍾愛の女にして
幽深窓裏養成身　　幽深なる窓の裏に　養われて身を成す
綺羅脂粉粧無暇　　綺羅脂粉　粧うに暇無く
不謝巫山一片雲　　謝せず　巫山の一片の雲

もともと女は金持ちの家に生まれ、両親の愛情を一身に受けた娘で、深窓の令嬢よろしく大切に育てられて成長したのです（「長恨歌」に類句あり）。美しい衣装や高価な化粧品で身を装うのに暇無く、あの巫山に懸かる一ひらの雲のような神女（の美しい髪）にも劣らぬものがございました（宋玉「高唐賦」の故事。この二句は『新撰朗詠集』巻下・妓女所収）。

年初十五顔如玉
父母常言与貴人
公子王孫競相挑
月前花下通慇懃

年初めて十五　顔玉の如し
父母は常に言う　貴人に与えんと
公子王孫　競いて相挑み
月前花下に　慇懃を通わす

年も十五歳になった頃、容貌はまるでなめらかに輝く玉のような美しさ（「古詩十九首」其十二に類句あり）でしたから、父母は貴人に嫁がせようと常日頃語り合っていたのでした。彼女のことを耳にした高貴な方々（劉廷芝「代悲白頭翁」詩に類句あり）は競い合って求愛し、秋の月の美しい夜や春の芳しい花の下に心を込めて思いを伝えようとなさったものでした（『竹取物語』の五人の貴公子求婚譚も想起されよう）。

父母被欺媒介言　　父母　媒介（なかだち）の言（ことば）に欺（あざむ）かれ
許嫁長安一少年　　許嫁（きよか）す　長安（みやこ）の一少年に
少年無識亦無行　　少年　識（ものしること）無く　亦（また）行（おこな）いも無きに
父母敬之如神仙　　父母の之（かれ）を敬（うやま）うこと　神仙の如し

ところが、娘の父母は仲人（なこうど）の口車（くちぐるま）にまんまと騙（だま）され、都のとある少年との夫婦約束を交（か）わしてしまったのです。その少年は実は何の見識もなく素行（そこう）も悪かったのですが、父母は見た目の立派さに舞い上がって彼を敬（うやま）うことまるで神仙（風采（ふうさい）見事な様子。何晏（かあん）・杜乂（とがい）らの故事もある）を拝（おが）むかのようでした。

肥馬軽裘与鷹犬　　肥馬（ひば）と軽裘（けいきゅう）と鷹犬（ようけん）と
毎日群遊俠客筵　　日毎（ひごと）に群遊（ぐんゆう）す　俠客（きょうかく）の筵（えん）

交談扼捥常招飲　　交談扼捥しては　常に招き飲み
一日之費数千銭　　一日の費は　数千銭なり
産業漸傾遊猟裏　　産業は漸くに遊猟の裏に傾き
家資徒竭酔歌前　　家資は徒らに酔歌の前に竭く

婿となった男は立派な馬に乗り上等な皮衣を着込み（『論語』雍也、白居易「閑適」詩をふまえる）、鷹や犬を連れて狩に出掛けたり、毎日群れて遊び回るばかりでやくざな仲間と行動を共にしていて、たわぶれて話を交わした上に腕まくりして憤慨してみせたり、いつも呼び集めては飲酒するばかりなので、一日の経費は数千銭にものぼったのです。こうして、男が遊猟に耽るうちに家の暮らし向きも次第に傾いてゆき、酔えや歌えやの日々に財産もただ尽きてゆくばかりでした。

十餘年来父母亡　　十餘年来　父母亡せ
弟兄離散去他郷　　弟兄も離散して　他郷に去る

婿夫相厭不相顧　　婿夫（せいふ）　相厭（あいいと）いて　相顧（あいかえりみ）ず
一去無帰別恨長　　一たび去って帰ること無く　別れの恨みは長し

この十年あまりのうちに父母も亡くなり、兄や弟達も都を出て散りぢりに他国に去ってしまいました。そして婿の男もすっかり彼女に厭（あ）きて振返ることもなくなり、一たび家を出るや戻（もど）ることもなく、こうして別れてしまった恨（うら）めしさに長く苦しめられているのです。

日往月来家計尽　　日往（ゆ）き月来（きた）り　家計尽き
飢寒空送幾風霜　　飢寒（きかん）して空（むな）しく送る　幾風霜（いくふうそう）
秋風暮雨断腸晨　　秋風の暮雨（ぼう）　断腸（だんちょう）の晨（あした）
憶古懐今涙湿巾　　古（むかし）を憶（おも）い　今を懐（おも）えば　涙巾（きん）を湿（うるお）す
形似死灰心未死　　形（すがた）は死灰（しかい）に似たるも　心は未だ死なず
含怨難追旧日春　　怨みを含むも追い難（がた）し　旧日（きゅうじつ）の春
単居抱影何所在　　単（ひとりい）居て影を抱（いだ）き　何（いづ）れの所（ところ）にか在（あ）る

満鬢飛蓬満面塵
落落戸庭人不見
欲披悲緒遂無因

満鬢の飛蓬　満面の塵
落々たる戸庭に　人は見えず
悲緒を披かんとするも　遂に因無し

歳月過ぎて（『周易』繋辞下伝による）生活の手立ても尽き、飢えと寒さに迫られながらただただどれ程の歳月を過ごして来たことでしょう。秋風吹く夕暮れの雨を経て腸を断ち切られるような激しい悲しみのうちに迎える朝、昔のあの恵まれていた頃を想い、今のこの悲惨な生活を思うと、涙溢れ手巾を濡らさずにはおれません。今の彼女の姿は火の気を無くした冷たい灰（『荘子』知北遊による）のようですが、心はまだ死んではおりません。己の運命に恨めしい思いを抱えつつも昔のあの良き春のような日々にはもう戻れないのです。ひとり居て孤独な己の身（の影）を抱き、どこに居たら良いのか依り処もなく、髪の毛はまるで蓬が乱れ飛ぶかというようなありさまとなり（白居易「王昭君」詩に類句あり）、顔中塵だらけで汚れている始末。寂しくひっそりと静まり返った屋敷内に人の姿もなく、悲しい心の内を晴らそうにも結局何の手立てもないのです。

寄語世間富貴女
択夫看意莫見人
又寄世間女父母
願以此言書諸紳

語を寄せん　世間の富貴の女よ
夫を択ばば意を看よ　人を見る莫れ
又寄す　世間の女の父母よ
願わくは　此の言を以って諸を紳に書せ

世の金持ちや高貴な家の娘さんに申し上げたきことございます。「夫を選ぶならその人の心根をしっかり見なさい。上辺の外見に依ったりしてはなりませんよ」と。また、世の娘さんをお持ちの御両親方にも一言、どうかこの私の言葉を忘れないように帯に記しておいて下さいませ（『論語』衛霊公による）。

一篇は以上のような意味で、さして難しい漢字もなく平易に詠まれていると言って良いが、作品としては白居易の「井底引㆓銀瓶㆒」（「新楽府五十首」中の作）の影響を強く受けていると従来から指摘されて来ている。白詩も長篇なので、今は現代語訳のみで綴ってみる（原本文は岩波文庫『白楽天詩選』（上）など手近な本で確認されたい）。

井戸の中から釣瓶を引挙げようとしたら途中で縄が切れた。砥石で玉の簪を磨いていたら完成寸前で真中から折れてしまった。そんな釣瓶と簪はどうしたものでしょうか。まるで今日君とお別れする妾のよう。思えば、昔まだ親元にいて娘だった頃、仕種がかわいいなんて人に言われたものでした。こまやかで美しい総角の髪（乙女の象徴）はさながら秋の蟬の羽のようで、丸味を帯びて引かれた細く美しい眉は遠くの山のけぶるような色合でした。友と家の裏庭で言笑しながら戯れていた頃はまだ君のことは存じませんでした。ある時妾が青い梅の実を弄び、低い垣根に身を寄せておりますと、君は白馬に乗って枝垂れ柳の傍に来られまして、垣根の辺で馬の上から遥かに妾を見ましたが、ひと目で君の切ない思いを感じましたから、君と言葉を交わしたのでした。君は南山の松柏を指さし、妾への変わることのない愛を示されたので、人に知られぬように総角を一つに結い直し、君の後を追って我が家を去ったのでした。君の家に住んで五、六年たちますが、君の御両親は頻りに繰返し言うのです。「正式な手続きをふんでいれば妻だが、勝手にこちらに来たのだから妾だ。だから先祖の祭祀を司り、蘋蘩（供物の浮き草）を奉る役（一家の主婦の仕事）は任せられない」と。結局君の家に居ることはできないものと知りましたが、さりとて門を出て頼る所とてない身はどうしたら良いものやら。いえ、両親は実家に居りますし、親しい身内も故郷にたくさんいるのですが、親や親戚にも内緒でこちらに来てから、一切連絡もしておりませんので、今更悲しいやら恥ずかしいやらで、帰るに帰れません。君のほんの一時の恩愛のために、妾の一生の身を誤ってしまいました。世間の事をまだ何も知らない、おぼこい娘さんたちに申し上げたい、決して己の身を軽々しく殿方に許したりしてはなりませんよ。

自由な恋愛（「野合」と言われることもある）、ここで言う正式な手続き（「六礼」という）を経ない男女関係の危さを女性の口を借りて説き聞かせ、主題は「淫奔を止むるなり」（淫乱な行為をやめさせる）と記されている作品だ。白詩の場合、固定化していた儒教的道徳観の下に詠まれていることは言うまでもないと思うが、長谷雄の作は、正式な手続きを経ても男女関係の悲劇は起こるという現実を詠み、結局は、各の個人としての在り方に依るのだという口吻である。世間を知っているはず？の親だって騙されるんだ、世の中の男女関係程不確実なものもまたないのかも知れないと思わずにはおれない……まあそれはそれとして、白詩享受のありようも決して一様ではなく、ここではいろんなヴァリアントがあるということを理解して戴けたら幸いと思う。

若い学生たちにこの二首の詩の話をした時、面白い女子学生がいて、曰わく、「貧女吟の方の女性は相手のしょうも無い男に何も言わなかったんですかね。白詩の方では一緒に暮らし始めてから男のサポートはないみたいで、マザコンだったんかと思っちゃいました」と。私は思わず、「君の言うのもごもっとも。それは多分これが漢詩だからだよね。君のような思いを抱く人もいるから、ほかに何とか日記とか、何とか物語（小説）っていう別の世界が用意されてるんじゃないのかな？って思うんだけどね……」と言ってしまったが、それで良かったのかどうか、今でも気になっている。

子を思う――菅原道真――

1

陶潜（三六五―四二七）という詩人の名は恐らく誰でも聞いたことがあろう。字は淵明、「桃花源記」という桃源境を描いた作品が有名だろうか。中国や日本の漢詩人たちに最も長く親しまれている詩人のひとりだ。その彼に、若い時に長男を得たことを喜び詠った「子に命く」と題する四言の長篇詩がある。息子は乳児期をへてたくましく成長し始め、彼は喜びを抑えきれず、陶氏一族の歴史を繙き、父祖の功業を称え、孔伋（孔子の子孫）くらいの人物になって欲しいと念じ、次のようにしめくくる。

日居月諸　日よ　月よ
漸免於孩　漸く孩を免る
福不虚至　福は虚しくは至らず
禍亦易来　禍は亦た来り易し
夙興夜寝　夙に興き　夜には寝て
願爾斯才　爾に斯の才あらんことを願う
爾之不才　爾これ不才なれば
亦已焉哉　亦た已んぬるかな

現代語訳　月日は流れて、ようやく乳飲み子の時期を脱したわが息子よ。福は何もせずにいてはやって来ないし、災いは身に生じ易いものなのだ。早起きし、夜はさっさと寝て努力を怠るな。お前に学問の才のあることを心から願っている。もし、いくら努めてもその才能がお前に無いということであれば、それも致し方ないことだ。

要するに、早寝早起きして勉学に努めなさい、という親心を表明しているわけだが、それから十年あまりの歳月を経て、彼は五人の息子を持つ身となっている。そして次のような詩を作った。

責レ子　　子を責む

白髪被両鬢　　白髪は両鬢を被い
肌膚不復実　　肌膚も復た実たず
雖有五男児　　五男児有りと雖も
総不好紙筆　　総て紙筆を好まず
阿舒已二八　　阿舒は已に二八なるに
懶惰故無匹　　懶惰　故より匹なし
阿宣行志学　　阿宣は行くゆく志学なるに
而不愛文術　　文術を愛さず
雍端年十三　　雍と端は年十三なるも

不識六与七　六と七とを識らず
通子垂九齢　通子は九齢に垂んとするに
但覓梨与栗　但だ梨と栗とを覓むるのみ
天運苟如此　天運苟しくも此くの如くんば
且進杯中物　且く杯中の物を進めん

現代語訳　耳のあたりの毛もすっかり白くおおわれ、皮膚もまた張りのない皺だらけの身となった。五人の男児に恵まれたとは言え、皆がみな勉強嫌いときた。長子の舒はもう十六歳にもなる（『論語』で云う学問に志す十五歳を過ぎてる！）というのに無類の怠け者だし、宣はやがて十五歳というのに学問を好まない。雍と端は共に十三歳だが、まだ六と七の分別すらつかん。通は九歳になろうというのにただ梨や栗をねだるばかり。だがまあこれも天が授けた運命とならば致し方あるまい、しばらく酒でも飲むとするか……。（五言古詩）

という次第で、いやはや所詮子どもは親の期待通りにはならないものなのかも知れない。

中国の古典詩の世界では、一般的に自分の子どもや妻のことはほとんど詩に詠むことはないと言われている（実はそうでもない？）。その点でも右の陶潜の詩は興味深いと思うが、かつて先の詩を若い女子学生たちに話したことがある。ところが思いの外評判がよろしくない。自分の子どもを馬鹿にしていてあまり良い気がしない、という訳だ。陶潜さんも苦笑、ピンチかも。となると、菅原道真公――一応「学問の神様」とされているんですが――の次の詩などはもっと彼女らの評判が悪くなっても致し方なかったのかも知れない。

2

菅原道真は仁和二年（八八六）の春、都での役職を解かれ、讃岐守に任じられて赴任した。地方の民生を具さに現実として見据える良い機会となり、任期四年の間に詩風は新たな展開を示し、注目すべき作品を多く紡ぎ出すこととなるのだが、以下では彼とその子ども達との関わりに注目して話を進めよう。

言レ子

男愚女醜稟天姿
依礼冠笄共失時
寒樹花開紅艶少
暗渓鳥乳羽毛遅
家無担石応由我
業有文章欲附誰
此事雖同窮老歎
適言其子客情悲

子を言う

男は愚かにして　女は醜し　天に稟くる姿
礼に依る冠笄も　共に時を失えり
寒樹　花開くも　紅艶少なく
暗渓　鳥乳するも　羽毛遅し
家に担石無きは　応に我に由るべし
業に文章有るも　誰にか附せんと欲する
此の事は　窮老の歎きに同しと雖も
適　其の子を言えば　客情　悲し

（『菅家文草』巻四）

現代語訳　わが息子は未熟で思慮もなく、娘は器量が悪い。それも天から授かった姿とならば致し方あるまい。儀礼として行うべき成人の式も共に時機を失してしまった。冬の木に花咲くような晩生の娘には、つややかに映えるような美しさは少ない。また、薄暗い谷間で育てられる鳥は羽根の生えるのも遅いというが、その雛のような息子はなかなか一人前にならない。それというのもわが家に十分な貯えが無く、手をかけてやれないからだが、それも私に甲斐性がないためなのだ。わが家には伝えるべき文業の成果もあるが、（息子が不出来となれば）さて誰に託したら良いものやら。こんな悩みは耄の嘆きに他ならないが、たまたま子どものことを口にしてみたら、旅暮らしの心はなんとも悲しく切なくなってきた。（七言律詩）

先の陶潜の詩のユーモラスな中にも親としての慈愛が感じられるのと同様に、この道真詩も、己の不甲斐なさを自虐的に吐露するうちにも息子や娘に対する愛情を私は感じるのだが、どうも女子学生達にはうまく通じないようで、第一句の表現がやけに過激にうつるようなのだ。

道真という人はかなりの子煩悩だったのではないかと思う。晩年の昌泰四年（九〇一）、彼の栄進を快く思わなかった藤原時平らの策動により、突如醍醐天皇の廃立を企てたと汚名を着せられ、大宰府に左遷されるところとなったが、その謫居生活の中で次のような詩を詠じている。

慰二少男女一　少男女を慰む

衆姉惣家留　衆姉は惣べて家に留まり
諸兄多謫去　諸兄は多く謫去す
少男与少女　少き男と　少き女と
相随得相語　相随えて　相語るを得
昼湌常在前　昼　湌うに　常に前に在り
夜宿亦同処　夜　宿ぬるに亦処を同じくす
臨暗有燈燭　暗きに臨んでは　燈燭　有り
当寒有綿絮　寒きに当かいては　綿絮有り
往年見窮子　往年　窮子を見き
京中迷失拠　京　中に迷い拠　を失えり
裸身博奕者　裸　身にして　博奕する者あり
道路呼南助　道路にて南助と呼ばる

南大納言子内蔵助、博徒。　南大納言が子の内蔵助は、博徒なり。

今猶号㆓南助㆒。　今猶南助と号ぶ。

徒跣弾琴者　徒跣にして　琴を弾く者あり
閭巷称弁御　閭巷にて弁御と称す

俗謂㆓貴女㆒為㆑御。蓋取㆓夫人女御之義㆒也。藤相公兼㆓弁官㆒。故称㆓其女㆒也。
俗に貴女を謂いて御と為す。蓋し夫人女御の義に取るならん。藤相公は弁官も兼ねき。故に其の女を称するなり。

其父共公卿　其の父は共に公卿にて
当時幾驕倨　当時は幾ばくか驕り倨れる
昔金如沙土　昔は　金も沙土の如きも
今飯無厭飫　今は　飯うにも厭飫無し
思量汝於彼　汝らを彼らに思量するに
被天甚寛恕　天の甚だ寛恕なるを被れり

（『菅家後集』）

現代語訳　姉さん達は（結婚するなりして）都の家に留まったが、（官職に就いていた）兄達は多く罪人として流され（都を去っ）て行った。でも幼い息子や娘をこうして身近に伴い話ができて父は嬉しい。昼餉をとる時はいつも前にいるし、夜寝る時にも床を同じくしている。夜暗ければ灯火もあるし、寒い夜には綿入だってある。昔のことだが、父は食いつめ苦しむ子らを見たことがあるんだよ。彼らは寄る辺を失っておった。そうそう、裸で、博打する者がいて、人々の往来する大路で「南助」なんて呼ばれておったな（彼はかつての南淵大納言殿の御子息で内蔵助の官にも在った者だが、博徒におちぶれ、今は「南助」と呼ばれている始末だった）。また、はだしで巷を流して琴の弾き語りをやっている者に弁御と言う者もおった（彼女は藤原氏の参議で弁官も兼ねておられた貴人の娘であった）。二人の父君は共に公卿という高位高官だったから、羽振りの良かった頃はどれ程贅を尽くしたことか。昔はきっと砂金も沙や土のようにたっぷりあったことだろうが、今は食うにも事欠く始末だ。お前達と彼らを思いくらべてみると（ずっと恵まれた環境にあるわけで）、天の神様はとても心やさしく思いやりをかけて下さっていると父は思うわけなのだよ。（五言古詩）

身近に愛しい幼な子らを引き寄せ、優しく語りかける口調の中に流謫の生活でもさしたる困窮もなく、恙無く日々を送っている様子が彷彿としてくる。それは自分自身に向けた慰撫でもあったかも知れないが、何より親として子どもらと共に〝今生きて在る〟ことの幸を私は感じずにはおれない。

だが、そんな彼にも嘗て腸を断ち切られるような辛く悲しい愛し子との別れがあった。その心の痛みあればこそ、人の親としての慈愛の心を一層強く抱くようになったのかも知れない、などとふと私は思ったりもする。親は確かに子を育むが、子もまた親を育てるものなのだ、きっと。

3

元慶七年（八八三）、不惑（四十歳）を目前にしていた頃のこと、彼は次のような長篇詩（七言二十八句）を作っている（『菅家文草』巻二）。長いので適宜区切りながら読み、解説を加えてゆくことにしたい。なお、この詩については研究者の間でも本文や解釈に異論のある部分もあるのだが、以下はあくまで私の解釈に過ぎないことも予め断っておきたい。

夢ニ阿満一　阿満（あまろ）を夢（ゆめ）みる

阿満亡来夜不眠　阿満亡（うせてよりこのかた）来　夜（よる）も眠（ねむ）らず

偶眠夢遇涕漣漣　偶（たまたまねむ）眠るも夢に逢い　涕漣（なみだれん）々たり

身長去夏餘三尺　身（み）の長（たけ）は　去（い）にし夏　三尺に餘（あま）り

歯立今春可七年　歯（よわい）立ちて　今春には　七年（ななとせ）になりぬべし

阿満（息子）が亡くなってから夜も眠れず、たまたま眠ることがあっても、夢の中で思いがけず遇い、涙がポロポロ流れ来てならないのだ。息子の背丈（せたけ）は去年の夏には三尺あまり（一メートルほど）で、年を重ねてこの春には七歳になるはずだった。父はそう詠み始める。つまり、七歳にもなれなかった息子を亡くしたというのだ。

従事請知人子道　事（こと）に従いては　人の子の道を知らんことを請（こ）い

読書諳誦帝京篇　書(ふみ)を読んでは　帝京篇を諳誦(あんしょう)す
初読㆓賓王古意篇㆒。　初めて賓王(ひんおう)が古意篇(こいへん)を読(よ)む。

その息子がことあって「人の子としての道を知りたい」と父に願い出て来たと言う。これはおとなの立場から且(か)つ儒教的に表現したものだから少しわかりにくいかも知れないが、要するに、普段の父の学問をし、門人達に教育をしている様子を見、自分も「お父(とう)さんのようになりたい（どうしたらいいの?）」と言(ゆ)うて来た、ということだ。道真は当時勿論官吏（文章博士(もんじょうはかせ)という大学寮の教官）であったが、自宅でも「菅家廊下(かんけろうか)」という私塾を継承し、学問に志(こころざ)す多くの者達を教え育てていた。幼い息子の言葉に、父は恐らく喜びも一入(ひとしお)だったのではあるまいか。そこで早速詩文の暗誦（素読）などを施したに違いない。それは恐らく四、五歳の頃であったろうか、そして遂には六歳にして駱賓王(らくひんのう)（六四〇?―八四?）の名篇「帝京篇」まですらすらと暗誦してみせるまでになっていたのだ。こりゃあ、わが家(や)の千里の駒(こま)か麒麟児(きりんじ)か、と父も思わず破顔したに違いない。その作品は、双璧(そうへき)とされる盧照鄰(ろしょうりん)（六三五―八四）の「長安古意」（七言六十八句）と共に後に『唐詩選』にも収められているので、誰でも今は簡単に目にすることができると思うが、三言・五言・七言句を交えた九十八句（六一四字）から成る巨篇で、決して易しい詩とは言えない。帝京とは皇帝の居る唐の都長安を指し、その宮城の壮大さに始まり、市街の広がりと繁華、王侯貴人の贅沢な生活と遊びの様から、俠客・娼婦の生活へと展開し、貴公子との恋愛や享楽の生態が詠われると、一転して人生の栄枯盛衰、限りある人生を述べる。そして移ろいゆく歳月の中で不遇となり、栄華の空しさや交情のはかなさ、没落した友人の運命を思いつつ、才はありながら見離されて孤独な境涯に沈む者の心情が、故事を用いながら詠まれているのだ。そんな作品を口ずさむのだから、父が息子の将来に期待したのも当然だ。それでなくても、親は子に期待したいものなのだ。ところが、息子は思いがけず病に臥してしまう。

薬治沈痛纔旬日　　薬は沈痛を治むること　纔かに旬日
風引遊魂是九泉　　風は遊魂を引く　是れ九泉
爾後怨神兼怨仏　　爾後は　神を怨み兼ねて仏をも怨む
当初無地又無天　　当初は　地も無く又天も無しと

薬が息子の痛みに効いたのはわずかに十日。あの世への風は息子のさまよう魂を黄泉国へと連れて行ってしまった。それからは神や仏を怨みに怨み、息子を亡くした当初は天も地もあるか（この世など無きに等しい）などと思った、と云う。白居易が自分の娘金鑾を「病来纔かに十日」で亡くしたと慟哭している（「病中　哭㆓金鑾子㆒」）のも想起される。

看吾両膝多嘲弄　吾が両膝を看るに　嘲弄多し
悼汝同胞共葬鮮　汝が同胞を悼み　葬鮮を共にす
　阿満亡後、小弟次夭。　阿満亡き後、小弟も次いで夭す。
韋端含珠悲老蚌　韋端は珠を含んで　老蚌悲し
荘周委蛻泣寒蟬　荘周は蛻を委てて　寒蟬泣く

わが両膝（そこはきっと息子がよく坐っていた場所でもあろう）を見つめていると、息子を助けることもできなかった己の情けなさにただ自嘲し自虐的になるばかり。息子よお前だけでなく弟までも亡くしてしまい、共に弔うこととなり心が痛んでならないのだ。韋端は老いて珠のように優れた二人の息子（康と誕）に恵まれたが、老い先短く二人の将来を見届けられぬと悲しんだことだろう（が、私は二人の息子を失ってしまったのだから、そんな彼さえ羨しい）。また、荘周は、蟬の蛻は蟬とは関係ない別の存在だと言っているが（私にはとてもそうは思えず、蛻は蟬が残したものだから親が子を後に残すようなものに思えて、蛻を捨ておけず）寒蟬が鳴くように私も泣かずにいられないのだ。四句はそんな意味だろうか。猶、後聯の解釈については研究者の間でも異論のあるところだ。後漢の孔融（一五三―二〇八）が友人韋端に送った手紙に、「先日君の息子の康が私のところに来たが、深い才能を秘め朗らかで立派、風雅で大きな強い意志を持つ、世に並はずれた器の持主と感じた。また、昨日弟の誕がやって来たが、伸びやかな性格で素直、学才に富んで飲込みも素早く、とても誠実なまさに韋家を背負って立つ主という印象だった。いやはや、両君のような珠玉の逸材が、老いた貝の如き身の君にできるなんて思ってもいなかった（実に羨しい）」（『三輔決録』）と記した故事によるだろう。また、後句の方は、「蟬と蛻は全く別の存在で（それと同様に）子や孫（＝蛻）は親（＝蟬）のものじゃないのだ」（『荘子』知北遊）と記される故事をふまえている。前聯の自注により、阿満の亡き後、多分それを追うように弟（生後間もないか）も亡くなっていたことが知られる。「葬鮮」とは幼くして亡くなり葬られることを云う。

那堪小妹呼名覓　那（なん）ぞ堪（た）えん　小妹（しょうまい）の名を呼んで覓（もと）むるに
難忍阿嬢滅性憐　忍び難（がた）し　阿嬢（あじょう）の性（こころ）を滅（めっ）して憐（あわれ）むに
始謂微微腸暫続　始めは微々として腸（はらわた）の暫（しばら）く続（つづ）くかと謂（おも）いしに
何因急急痛如煎　何に因（よ）りてか　急（きゅう）々に痛むこと煎（い）らるるが如き

年下の妹がお前の名を呼んで捜し回っているのを見るにつけどうして悲しみにたえられよう。また、母（かあ）さんがお前達を失って悲しみのあまり心をすりへらしているのにもたえ難い思いだ。初めはひどい悲痛に落ち込まないまま、少しずつ尾を曳（ひ）くようにお前の死の傷みが続くものと思っていたのだが、どういうわけでここにきて急激に悲痛が募（つの）り、まるで心が炙（あぶ）られるように切ないのだろう、とそんな意味になると思う。妹は幼な過ぎて兄の死がまだ理解できないのだ。生前一緒に隠れんぼなどして遊んだこともあったに違いない。だから姿の見えない兄の名を呼びながら捜し回っているのだ。また、母親はふたりの子を相次ぎ失った傷心で相当嘆き落ち込んでいる。子は自分(みずから)の母胎(からだ)の中(うち)から、文字通り血肉を分けて生まれ育(はぐく)まれる、掛け替えのない命である。それが失われた現実はそう容易に克服できるものではあるまい。恩愛の情の母子より深いものはなかろう。彼も父として夫としてどう家族を支えたら良いものか、苦悩していたことだろう。彼自身は二人の子の喪失に悲しみつつも、気持ちはどん底まではいかずにすんでいたが、最近になって痛切な傷みが己を襲うようになったのは何故(なぜ)か、自らにそう問(と)うて、その答えを示す次の聯へと展回する。

桑弧戸上加蓬矢　　桑弧(そうこ)は　戸の上に　蓬(よもぎ)の矢を加え
竹馬籬頭著葛鞭　　竹馬は　籬(まがき)の頭(ほとり)に　葛(かずら)の鞭(むち)を著(つ)けたり
庭駐戯栽花旧種　　庭には駐(とど)む　戯れに栽(う)えし　花の旧(ふる)き種
壁残学点字傍辺　　壁には残る　学び点(しる)す　字の傍辺(ぼうへん)
毎思言笑雖如在　　言笑(げんしょう)を思う毎(ごと)に　在(あ)るが如しと雖(いえど)も
希見起居惣惘然　　起居(ききょ)を見んと希(ねが)えば　惣(すべ)て惘然(ぼうぜん)たり

桑の木の弓は戸口の上に蓬の矢を添え、息子が生まれた時のままに懸けられている。また、息子がよく遊んだ竹馬は垣根のほとりに葛の鞭を添えたまま置かれている。庭には息子がどんな花が咲くのかな？　と言いながら無邪気(むじゃき)に植えた種から芽が出て来ているし、家の壁には息子の悪戯(いたずら)書きの漢字が残されている。そのおしゃべりや笑顔を思い浮かべるたび目の前に居るような気がするのだが、日々の暮らしの中で目にしようと願っても、すべてぼんやりとした姿にしかならない、という意味だろう。初めの句は、男子誕生の折に桑の枝で作った弓に蓬の矢を添えて雄飛(ゆうひ)を願ったという風習をふまえ、竹馬は今日云うものとは異なり竹を伐(き)り胯間にはさみ走り回る様を想えば良い。これも中国詩に子供の遊びとして見えるものである。花の種とか壁の文字を詠んでいるのも、いずれも阿満(むすこ)が残した確かな痕跡だ。亡くなった直後からしばらくは、喪失感に打ちひしがれ沈んでいるために、そうした物が目に入らず意識化されることはなかったのだが、時が経つにつれ少しずつ回りの物が見え始めるようになると、またそこで悲しみが突き上げて来るというのであろう。中国古典詩にも哀辞（幼い子の死を悲しむ詩）は少なくなく、親の痛苦を訴える言辞(ことば)は多いものの、亡くなった子の痕跡をこれ程写実的に描写して見せる作品となるとなかなか無いように思う。猶、「著」

は「着」に同じ。「着」は本来「著」の異体字（『干禄字書』）であって、「きる」「あらわす・いちじるしい」と訓んで各々別の意味で使い分けるのは国語（日本語）の用法である。「惣」（74頁にも見えている）も「総」の異体字。古い写本・版本などでは「惣」に作る方がむしろ多いように思う。漢字はいつも中国の用法と同意であると思ったり、字形も一定であったというような思い込みは禁物で、時には本文に曲解を生じてしまうようなこともあるので注意を要するようだ。

さて、最後の二聯は次のようである。

到処須弥迷百億
生時世界暗三千
南無観自在菩薩
擁護吾児坐大蓮

到る処　須弥　百億に迷わん
生時は　世界　三千暗かりき
南無観自在菩薩
吾が児を擁護し　大蓮に坐せしめたまえ

息子の辿り着く処、須弥山の世界は限りない広がりの宇宙を有しており、そんな世界にただひとり入って行き、さぞ思い惑っていることだろう。生前だって、息子はこの世のことなどまだ何も知らぬうちに逝ってしまったのだ。ああ観世音菩薩様、どうかわが息子を抱きお護り下さり、聖なる大きな蓮座に坐らせてやって下さいませ。

こうして一篇が終わるわけだが、実に情愛の籠った稀れにみる作品で、平安時代の漢詩の中でも最高傑作の一首と言って良いと私は思う。

4

「夢㆓阿満㆒」の詩が作られたのは息子の死後程なく、などではない。かなり月日を経た後であることはこれまでの解釈で理解して戴けるものと思うが、私は恐らく亡き息子の一周忌に近い頃の作だろうと思っている。この作品は心中に涌き起る悲哀そのものの中に埋没することなく、言辞はその悲哀をまるで客観視するかのように紡ぎ出され、周到な構成でもって組立てられている。悲哀の感情をどうすれば最も的確に表現できるか、ということを十分弁えた上で作られ、表現と構成の論理が見事に達成されているように思うのだ。勿論彼の心に悲哀が無いわけではない。その悲哀によって理性がかき乱されることなく、冷静に見極める心構えが彼の中に醸成されていると私は言いたいのである。その点で言えば、彼にとってこの詩は愛息の死に区切りをつけ、新たに生きる一歩を踏み出すための哀辞なのだと思われてならない。

こんなふうに、道真の詩集と向かい合っていると、ふと思う。悲しい過去を抱えつつも、新たな一日を不断に重ねてゆこうとする、その克服の意志と努力の先に、また確かな未来は開けてくるものなのではないか、と。そうでなければ、人はあまりに悲し過ぎるような気もするのだ。

栄華の御代に ——『源氏物語』時代の詩人たち——

1

『源氏物語』という文学作品の存在を知らない日本人は恐らくいまい。高校の古典文学の授業でも必ず学習すると言って良い古典の最高傑作だ。一条天皇の中宮彰子に仕えた紫式部の作品で……そうそうライバルに中宮定子に仕えて『枕草子』を書いた清少納言なんて人もいたなあ……とすぐに想い起こす人も多いはず。西暦で丁度一〇〇〇年前後の時代のことで、今日では平安朝女流文学の最盛期とされている。

だが、当時はそのように意識されていたわけでは勿論ない。その頃の時代の公に文学と呼ぶべきものは先ずは漢詩文であった。一般にはほとんど知られていないが、この時期には盛んに作文会（漢詩を作る集まり。当時の権力者藤原道長はその最大のスポンサーでもあった）が催され、『本朝麗藻』（高階積善撰）という漢詩集も残されている。今その中の一首を採り上げ読むことから始めてみたい。その作者は藤原為時（?―九八六―一〇二一―?）で、かなり長い題詞がある。それを先ず現代語訳で掲げてから詩にとりかかることとしよう。

2

去年の寛和二年（九八六）の春、中務卿具平親王様（九六四―一〇〇九）は春花美しい御邸宅をお開きになって詩酒の宴をお命じになり、藤原惟成様（権左中弁。九五三―八九）、菅原資忠様（右中弁。九三四―八七）、慶滋保胤様（大内記。?―一〇〇二）の御三人方と共に私為時（式部大丞）も陪席したのでした。保胤様は親王様の学問や詩文の御指導をされた、ゆったりと落ち着いた心の持主でございましたね。ここ数年来、都の才人達が詩人を論ずれば先ずはこの御三方をリーダーとみなしておりました。この時局に当たり、保胤・惟成の御両人は去年出家され衆生を仏の悟りに導く世界に入られ、資忠様はこの五月に逝去されてしまわれました。思えばこれまで、魏文帝（ぎのぶんてい）（曹丕（そうひ））の西園（さいえん）や後漢の東平王蒼（とうへいおうそう）の東閣（とうかく）の如き親王様の邸宅で、共に冬の夜の雪や春の朝の花を楽しみ詩作など致しましたものでしたが、今は筆を置き、詩を吟ずることも罷（や）め、御三方のことを恋しく振返り心傷めずにはおれません。私はこの頃学問につとめるかたわら、去年の春の詩巻を広げ見たり致しておりますが、その作品は輝くばかりに素晴らしいものとして残っておりますのに、作者である彼らはたちまちのうちに、こうした詩宴の場から姿を消してしまわれました。そこで遂に親王様は、彼らを偲（しの）ぶ珠玉の詩篇をお作りになり、忝（かたじけ）なくもこうして新たにお手紙を賜ることとなりました。恐らく私など詩文の才もなく、ただ親王様の邸宅に出入りする下僕（げぼく）のような存在に過ぎませんが、こうして親王様のお作（さく）を一度（ひとたび）拝読して激しい悲しみに襲われ、再び詠（えい）じては涙した次第にございます。ここに密（ひそ）かにちびた筆を用いたような拙（つたな）い字ではございますが、謹しんで親王様の詩の韻字を用いて拙い詩を記させて戴きます。

そして次のような七言律詩が記されていることになる。

梁園今日宴遊筵
豈慮三儒滅一年
風月英声揮薤露
幽閑遠思趁林泉
新詩切骨歌還湿
往事傷情覚似眠
繁木昔聞摧折早
不才無益性霊全

梁園　今日　宴遊せし筵
豈に慮わんや三儒の一年に滅えんとは
風月の英声　薤露を揮い
幽閑の遠思　林泉を趁う
新詩　骨に切り　歌えば還た湿い
往事　情を傷め　覚むるに眠るが似し
繁れる木は　昔聞く　摧け折れること早く
不才は益無くして　性霊は全しと

（『本朝麗藻』巻下）

現代語訳　梁の孝王の兎園（謝恵連の「雪賦」で有名）とも言うべき親王様の邸宅で、今日も宴が催されたのですが、この一年の間に、藤原惟成・菅原資忠・慶滋保胤の三人の詩儒の姿が宴から消えてしまうことになろうとは全く思いもしませんでした。風雅の名声高い方でしたが、資忠様はつい先日（永延元年五月）に亡くなれ、「薤露の歌」（亡き人を悼む歌）に涙をふるったばかりでしたし、深遠閑寂な世界に関心を抱いておられた保胤・惟成様も昨年山中に出家隠遁される身となられたのでございました。親王様から賜りました新たな詩は、我が骨身にしみるお作で、口ずさんでみますと涙がこみ上げ襟元を霑しますし、過ぎ去りしことなど想い起こしますと心中切なくなり、夢現の心地に存じます。繁れる良材の木（三人を指す）は摧き折られることも早く、役にも立たぬ不材（為時を指す）は天命を全うすることができる（『荘子』山木篇による）などということも昔耳にしたことがございますが、まことにその通りと存じます。

具平親王の詩宴に今も奉仕していると思われる藤原為時の、姿を見せることが無くなった三人に寄せる切なる思慕が詠まれていることが知られると思うが、このままではこの詩の抱える深刻な背景は全く伝わって来ない。

3

寛和二年六月二十三日未明、前代未聞の大事件が勃発する。内裏から突然今上天皇（花山天皇。九六八―一〇〇八）が行方知れずになったのである。その後の探索で、山科の元慶寺に所在は確認されたものの、何とその時には既に天皇は出家された後であった。帝の側近でその治政の輔佐とも言うべき立場に在った藤原義懐（権中納言。三十歳）・藤原惟成（左中弁。三十四歳）も驚き駆けつけ相次いで帝に従うところとなった。事の次第は『大鏡』や『栄花物語』にも語られているが、その真相は藤原兼家（九二九―九九〇）一門の陰謀に他ならなかった。

前年七月十八日、帝の寵愛深かった妃 藤原忯子（大納言藤原為光女）が懐妊中のままわずか十七歳で逝ってしまった。帝はことのほか衝撃を受け悲傷 甚しく、天下の人々もその死を哀れまずにはおれなかったという。この年には世の人々が頻りに道心を起こし尼や法師になってしまうという世情もあって、帝ははかなき世を嘆き、妃の菩提を弔わんという思いを一入暮らせていた。そのまだうら若き十九歳の純粋な帝の心の隙に乗じ、兼家の四男道兼が共に出家せんと誘い、帝を宮中より連れ出す一方、長男道隆・次男道綱がすみやかに神璽と宝剣を東宮（懐仁親王。後の一条天皇。母は兼家女詮子）に移し、宮門をすべて閉鎖した上で、五男道長（九六六―一〇二七）が関白太政大臣頼忠のもとに事態の報告に走ったのだ。帝は源満仲とその郎党に先の寺へと警固、いや実質的には護送されて出家退位し、一条天皇（九八〇―一〇一一）がわずか七歳で即位する。直ちに頼忠は関白を止められ（三年後に薨去）、兼家は摂政として公卿の首班となり、クーデターはものの見事に成功を収めることとなったのであった。

その翌年夏四月、改元されて永延元年（九八七）となる。炎旱が続く中、五月二十四日には神泉苑で請雨経法が修せられ、効験あったものか六月三日には雷鳴大雨となったと史書は伝えている。先の為時の詩が作られたのも恐らくはその頃のことであろうか。彼はこの頃まだ三十代半ばであっただろうと思われる。菅原文時（道真の孫。八九九―九八一）に学び、花山天皇には読書初（学問を始める幼時の儀式）の頃から仕えて、即位の時には蔵人式部丞に任ぜられ、さあこれから……という時、二年にもならないうちに退位により失職し、以後十年程の失意の時代に入ることになる。

その彼の娘が紫式部である。後に『源氏物語』という大長篇小説(ものがたり)を著述することになる彼女だが、この頃はまだ十代の後半であった（但し、当時としてはお年頃である）。後年の『紫式部日記』にはその頃の面白い逸話(エピソード)が綴(つづ)られている（現代語訳で記す）。

私の弟（惟規(これのり)）がまだ童(わらわ)だった頃、父の指導で漢籍など読み学んでおりました時、私も側(かたわら)で聞き習いなど致しておりましたが、弟はのみ込みが悪くて習ったことも忘れてしまったりすることがございましたが、私は不思議なくらいスッと理解してしまいまして……。それで学問に熱心だった父は、「ああ残念なことよのお、この娘(こ)が男の子でなかったのが、わが家の不運じゃ」などといつも嘆いておられました。

為時は家族のことを思えばとても出家できるような状況ではなかった。恐らく失職した不安の残る生活の中に在って、子ども達の教育にも一層力が入っていたことであろうか。それを貪欲に吸収していたのが娘であったろうこともまず疑いはあるまい。

さて、為時が漸く越前守に任じられたのは長徳二年（九九六）のことであった。が、それは学問に努めたものの任官叶わず不遇の身であることを、彼が「苦学冬夜、紅涙盈レ巾、除目春朝、蒼天在レ眼」と哀訴し、一条天皇が一入憐れに思われ、その帝意に忖度した藤原道長が人事を差し替え任じたのだ、と説話は伝えている。良くできたお話しにすぎなかろうが、当時の越前は「詩国」（白居易の詩語）と呼ばれ、唯一国交のあった渤海国からの使節応接の窓口となっていて、為時のような文人官僚には相応しい任国とみなされていたようだ。だが、日本海側のこの地は温暖な都に比べたら、梅雨や秋霖が長く、何より寒さ厳しい雪深い地である。都暮らしに慣れた娘の式部も、この鄙の地を訪れた時にはさぞやびっくりしたことだろう。

4

ところで、前に少し戻ることになるが……先の三人の中でここで敢て採り挙げ触れておかねばならないとすれば、それは保胤であろうか。彼は、碩儒で詩文家として高名な菅原文時門下の筆頭と称された人物で、為時にとっては二十歳近く年上の同門の先達である。幼少の頃から学問に加え浄土信仰に篤く、青年期には勧学会という仏法と詩文兼学のグループを結成して中心となって活動していたこともある。この頃の彼は五十代半ばで、少し前（天元五年〈九八二〉）には「池亭記」（先行する兼明親王「池亭記」もあり、白居易の影響を受けており、後の『方丈記』の先蹤作品とされている）なる散文を作していた。平安京の西の京の荒廃や、東の京の四条以北の住居の立並ぶ様子を描き、（鴨川の氾濫で被害を受け易い辺りでもあっただろう）東の京の六条北に小宅を初めて構え、それまで寄宿していた上東門（土御門）邸から移ったのだと云う。そして、詩句に長じ仏法に帰依した白居易を師とし、身は朝廷に在るも志は隠遁にあるとも述べていたが、結局その後四年足らずで出家に踏切った。彼は、かつて安和二年（九六九）に源高明、近くは貞元二年（九七七）に源兼明（兼明親王。九一四—八七）といった人望高かった皇親が、共に藤原摂関家によって政治の表舞台から退けられた現実を胸に刻みつつ、その人物才学に敬慕の念を抱いていたに違いない。更には師文時の逝去もあったであろうか……ともあれ時代の空気は一入彼の仏教への傾斜を促したような気もする。彼が師と仰ぐ白居易は、仏教・道教の思想を儒教と巧みにバランスをとりつつ受容して官僚生活を全うし、仏道に専心悟入するなどということはなかったが、保胤はより純粋な心性の持主であったのかも知れない。兼明が閑職の中務卿の辞表を提出したのは、先の為時の詩が作られた前年の一月のことで（その三月後に保胤は出家）、翌年九月にその卓越した文才と能書を称えられた親王は世を去ることになる。その兼明の後任が、先に掲げた為時詩の詩宴の催主具平親王である。博学洽聞で、父の村上天皇と並ぶ父子相伝の詩才を称揚された彼は、幼少の頃から保胤に学んで甚大な影響を受けた。そのことは、出家後の保胤（寂心）に贈った「贈心公詩〈古調詩〉」（五言九十六句。『本朝麗藻』）の一大長篇詩に詳しいが、それについてはいつかまた別の機会を得て触れたいと思う。

文豪幸田露伴に「連環記」（昭和十五年）という実に興味深い作品があり、その中で面白い話をしている。保胤は出家して寂心となり、程なく諸方に旅に出るが、参河国にも行った。当時の国守は大江定基（?—一〇三四）であったと云う。説話の世界では、定基が赤坂の娼女力寿に道ならぬ恋をして、妻との三角関係に苦悩するものの、その女の死で発心して寂心の下で僧寂照となる顚末が語られる。その定基夫婦の対極に従兄弟の大江匡衡（一〇四一—一一一一。当時を代表する文人・学者）とその妻赤染衛門（名高い歌人）という鴛鴦夫婦を番（つが）えて、実は参河へ行ったのはこの夫婦の依頼を受け、定基に元の夫婦仲に戻るよう説得するためだった、と思わずニヤリとしてしまうような挿話を上手（うま）く作り上げている。それはともかくとして、定基が（力寿ではなく）愛妻を亡（な）くし相当落胆していた――花山院と同様だ――というのは確かかも知れない。加えて父斉光（ただみつ）（参議。九三五―八七）も相次いで没しているとなれば、己の身上（みのうえ）にふりかかった不幸に世の無常を感じ発心したとて何の不思議もあるまい。寂照となって程ない永祚（えいそ）元年（九八九）に入宋（にっそう）を願い出ているものの、天台山巡礼のためのそれが実際に許されたのは長保四年（一〇〇二）三月のことであった。彼はその年の十二月頃師寂心の遷化（せんげ）を見送り、翌年八月に日本を離れると、再び日本に戻（もど）ることはなかった。

5

寂照が旅立ってから一年あまりを経た寛弘元年（一〇〇四）閏（うるう）九月の下旬、彼を慕いその旧居を訪れた者がいる。藤原伊周（これちか）（中宮定子の兄。九七四―一〇一〇）である。その時彼は次のような詩を賦した。

秋日到㆓入唐寂照上人旧房㆒　秋日入唐せし寂照上人の旧房に到る
五台眇々幾由旬　五台眇々たり　幾由旬ぞ
想像遥為逆旅身　想像る　遥かに逆旅の身と為るを
異土縦無思我日　異土にて　縦い我を思う日無くとも
他生豈有忘君辰　他生にも　豈に君を忘るる辰有らんや
山雲在昔去来物　山雲は　在昔の去来の物
魚鳥如今留寺人　魚鳥は　如今の留寺の人
到此悵然帰未得　此に到るに悵然として帰ること未だ得ず
秋風暮処一霑巾　秋風　暮れなんとする処に　一に巾を霑す

（『本朝麗藻』巻下）

現代語訳　秋の日に唐（実際には宋だがこの当時はこれもＯＫ）に渡られた上人様の僧房で、仏法の聖地五台山は遥か彼方でどれ程遠いことか、そんな地へと旅する上人様に思いを馳せている。異国の地でたとえ私のことを思い出す日は無くとも、私は来世まで一体どうして上人様のことを忘れることがあろう。山にかかる雲は昔も今も変わらず去来（ゆきき）するもの、魚や鳥は今こうして上人様の留守の房（いおり）を守る人であるかのようだ。こうしてこの地にやって来ると上人様が慕われてならずとても悲しい気持ちになり、家に帰ることもできずにいて、折しも行く秋の風が吹き寄せる夕（ゆう）つ方（かた）、ひたすら涙にくれたことだった。（七言律詩）

伊周がこの詩を道長のもとに届けたところ、彼から次韻（じいん）詩（同じ押韻字を同じ順序に用いて作った詩）が伊周のもとに贈られてきて、伊周は重ねて道長に詩を寄せた。加えて、一条天皇が道長の詩を御覧になり、自（みずか）らも詩を作られて下賜し、道長が奉和（ほうわ）したという佳話も残されている。道長は伊周の文人としての才学を高く評価していたように思う。

だが、そう書いてきて、ここでこの数年来の伊周と道長、彼らをとりまく激しい情況の変化を私は記さないではいられない気持ちになるのだ。一条天皇が即位すると、兼家が摂政となり政事（まつりごと）の権力を掌握すると共に、彼の四人の子息達はすべて公卿の座に顔を揃（そろ）えることとなった。ところが、摂政太政大臣に至った兼家は永祚二年に定子（長男道隆の娘）を入内させ女御とした後、病んで薨去し、嫡男道隆（伊周の父）が三十八歳で関白・摂政を継承した。だが、その彼も長徳元年（九九五）四月に病死し、弟の道兼へと権力が移るかと思うや、その道兼も兄の後を追うように五月に世を去ってしまう。結局、その後、三十歳の五男道長のもとに氏長者と公卿の首座がころげ込んで来ることになるのである。当時の伊周（内大臣。二十二歳）・隆家（中納言。十七歳）兄弟はあまりにも若く、恐らく人としても未熟であったのだろう、他の公卿や道長との度重なる確執・トラブルを抱え、更には翌二年一月には花山法皇を誤認して弓矢で威嚇する騒動を起こした上、東三条院（帝母で道長の姉詮子）呪咀のことなども発覚して、彼らは各々大宰権帥・出雲権守に流罪となってしまう。兄弟の乱行に苦悩する中宮定子は懐妊の身で出家し、かろうじて皇女（一条帝第一子）の誕生をみたものの、ここに中関白家は政治的に自滅してしまうことになったのである。翌三年（九九七）に兄弟は都に召還されるが、伊周は公卿の座から姿を消し、長保二年（一〇〇〇）十二月には妹の皇后定子も二十五歳の若さで崩御してしまう。なお、伊周が世を去ったのは先の詩を賦した六年後の寛弘七年（一〇一〇）、三十七歳の春を迎えた一月のことである。

6

長保五年（一〇〇三）六月十日のことというから、保胤（寂心）がかつて『摩訶止観』を学んだという高名な増賀聖（九一七―一〇〇三）が寂した日の翌日ということになる。藤原行成（九七二―一〇二七）は父祖以来継承して来た桃園邸を既に寺院に改め世尊寺とし、金色大日如来・普賢菩薩・十一面観世音菩薩等の仏像を作らせ安置していたが、次のような詩を作している。

世尊寺作
一到洛陽城北寺
暫抛塵網避炎蒸
至心礼拝堂中仏
促膝言談樹下僧

世尊寺の作
一たび洛陽の城北の寺に到り
暫　塵網を抛ち　炎蒸を避く
至心もて　堂中の仏を礼拝し
膝を促して　樹下の僧と言談す

松竹風生晴帯雨　松竹に風生(な)って　晴れたるに雨を帯び
林池月落夜鋪氷　林池(りんち)に月落ちて　夜に氷を鋪(し)く
道場旧主吾慈母　道場の旧(ふる)き主(あるじ)は　吾(わ)が慈母なりき
毎恋温顔涙不勝　温顔(おんがん)を恋う毎(ごと)に　涙に勝(た)えず

（『行成詩稿(こうぜいしこう)』）

現代語訳　ひとたび都城(みやこ)の北東にあるわが世尊寺に到り、しばし世俗のしがらみを抛ち、晩夏の蒸し暑さを避けた。心を込めて堂中の御仏(みほとけ)を礼拝し奉り、膝を進めて樹下に寺僧と語らいの時を持ったのだ。松や竹を揺(ゆる)がせ風が吹き抜けると、晴れ渡った空なのに涼(すず)やかな雨の音を聞くかと思われ、木々に囲まれた池の水面(みなも)に月がうつり映(は)えると、まるで夜に白く氷が敷くかという風情(ふぜい)で、心地良さを覚えるのだ。この道場のもとの主(あるじ)は亡(な)き慈(いつく)しみ深き母君であった。母の穏やかな顔を恋しく思い浮かべては、涙堪(こら)えきれず泣けてきてならないのだ。（七言律詩）

この詩句を行成が陣(じん)の座（公卿の評議の場）でふと口ずさんだようで、側(かたわら)で耳にした七十九歳の大儒菅原輔正（道真の曽孫。参議・式部大輔。九二五―一〇〇九）はいたく感動し、二人は唱和を重ねている。更に輔正から漏れ聞いたものであろう、当時詩人として名高い二人がいた。冒頭で触れた為時とその長年の友源為憲（九四一？―一〇一一）である。彼らは行成から見れば親の世代になる。行成は彼らを「詩仙」であり、都の士女達は挙って「元白の再誕」（元稹と白居易の生まれ変わり。当時最高の誉め言葉）だと言っていると記し、その二人の訪問を受け、月下に清談を交わした喜びを詩に詠じてもいる。行成は三歳の時に父を失い、二十四歳の時に母と養祖父源保光を亡くし、二十七歳で生まれて程ない男児を、そして先の詩を作った前年、三十一歳の時には妻と生まれたばかりの女児を亡くしていた。彼もまた若くして世の無常を胸に秘めていたひとりではなかっただろうか。ただ三十歳前後であった長徳（九九五―九九九）長保（九九九―一〇〇四）年間は、蔵人頭や左中弁、右大弁、参議、侍従などの劇務に彼は多忙を極めていただろうと思われ、そのことはかろうじて心のバランスを保つ救いとなっていたかも知れない……などと不埒にも私は思ったりする。

　清少納言は彼と随分気が合ったようで、『枕草子』の中で、彼の美しい書――何しろ後世に云う「三蹟」のひとりだ――が人々の感嘆を誘っていると記すのは勿論、結構筆を費してその人物像にも言及している（一部現代語訳で記す）。

行成様は人前で特に目立って評判になるような風流ぶった振舞いなどなさらず、ただありのままの自然体でいらっしゃるので、女房達はそれだけの人と思っているが、私は奥深い心を見知っておりますので、「あの方はどこにでもいるような凡庸（ぼんよう）な方ではございません」と中宮様にも申し上げておりましたから、中宮様もよく御存知でおられます。彼はいつも「女は自分を喜んで好いてくれる者のために粧（よそお）いをする。男は己の心根（こころね）を理解してくれる者のために死ぬ（『史記』刺客列伝）とか申しますよね」などと話を合わせて下さり、私のことをよくわかって下さる。「遠江（とおとうみ）の浜柳」そのままに切っても切れない二人の仲ってところなんですわ。

加えて、若い女房達はとっつきにくいとか、歌で場を盛り上げるようなこともない地味で面白くない人と悪口言ったりするので、何と行成の女性の好みのことまで書き記しているのである。更に彼女は、中宮様への取次ぎを必ず自分に頼み込んでくると茶化して自慢し、彼が

「二人が仲が良いと噂になってるくらいだから、顔ぐらい見せなよ」と言うのだと記す。行成との対話では「過てば則ち改むるに憚ることなかれ」（『論語』）とか、王子猷が竹を指して「どうして一日も此の君なくておられよう」（『世説新語』）といった類いの漢学の知識と関わることしばしばだが、後に『百人一首』にも入集することになった、

　夜をこめて鶏のそら音ははかるともよに逢坂の関は許さじ　（『後拾遺集』940）

の件もそうだ。行成が彼女の居る部屋にやって来て話し込んでいるうちにすっかり夜も更けてしまった。明ければ物忌で宮中に籠る予定だと言って立去り、「話し足りず名残り惜しかったのですが、夜明けを告げる鶏の声に促され失礼しました」と彼が言って寄こすと、「まだ夜更けなのに鳴くとは孟嘗君のあの鶏ですかね（まだ夜明けまでお時間ございましたわよ）」と彼女が突っ込んで言いやる。するとすぐに「いやあ、孟嘗君の鶏は函谷関を開けさせて、あやうく主人と三千人の配下を脱出させた（『史記』孟嘗君伝）と言いますけど、今のこの場合はあなたと私の逢う瀬の逢坂の関のことですよ」と乗ってきたので、彼女が先の歌

を詠んで届ける。すると行成からは「逢坂は人越え易き関なれば鶏なかぬにも開けて待つとか」と露骨な返歌が来て、彼女も流石に窮したようだが、私などはその戯れの中にも、行成の彼女への心の隔てない好意が込められているように思えて、二人の関係を羨しく思わないではいられない。

7

よく知られていることだが、紫式部は清少納言についてかなり辛辣な次のようなコメントを残している（現代語訳で示す）。

いかにもやったぞと自慢しひどく得意気にしている人だ。あんなに利口ぶって漢字を書きちらしているが、その程度もよく見れば物足りない点も多い。こんなふうに人より特に優れていると思い込めるような人はきっと後には見劣りするようになって、行く末情ないことになってしまうものだ。だから、いつも風流ぶることが身についている人は、とても情趣を欠いている時でも、しみじみ感動してみせ、面白いことも見過ごさないようにしているうちに、自然としょうもない軽薄な態度になるのだろう。そんないいかげんな人のなれの果てが、どうして良いことがあろうか。

（『紫式部日記』）

随分な言いようではないかと思いつつ、私はこの文に式部の納言に対する嫉妬を感じてしまうのだ。納言は日常生活の中、社交の場で、漢学の素養をふまえて自然に反応ができ、知的な楽しめる空間（場）を作り出せるすぐれた才能を持った人だったと思う。定子とも白居易の詩句をめぐるやりとりをよくしているが、何気ない日常生活に活気をもたらすスパイスのように作用している気がするのだ。それは実は教養の深さや広さとはまた異なる、感覚の問題なのである。納言が和歌（他者とのコミュニケーションの手段）を事とする家柄の出であるのに対し、式部は先に記したように漢学を事とする学問の家の出で、父の薫陶を受けていた。そして、中宮彰子に白居易「新楽府」二巻を進講したり、『源氏物語』のような漢学の素養をしこたま仕込んだ作品を仕上げているわけだ。彼女にとって、漢学はもっと奥深い重いものだったので、納言に物足りなさを覚えたのかも知れない、などと私は思ったりもするのである。

式部が自身の日記や『源氏物語』（五十四巻）を書き上げたと思われる寛弘七年（一〇一〇）前後は、実は漢文学世界も大きな転換期を迎えていたようである。前年には具平親王・菅原輔正が没し、当年には藤原伊周・源孝道・大江以言らに、退位したばかりの一条天皇までも亡くなり、翌八年には藤原有国（在）・源為憲、更に翌長和元年（一〇一二）には大江匡衡といった『本朝麗藻』の有力詩人達が相次いで世を去ってしまうのである。

為時は、寛弘八年老齢の身（六十代半ば過ぎ）で都での左少弁の職から地方の越後守に転任となり、息子惟規が付添って着任する。だが、その息子の方が任地で先に逝ってしまった。彼が官を辞して帰洛したのは長和三年（一〇一四）六月のことであったが、既に娘式部も春に亡くなっている。彼は若い頃からの親しい友人達を次々に失い、わが子二人にも先立たれ、己の身に老いの募る中、どのような思いで日々を送っていたことだろう。彼は二年後の長和五年に三井寺で出家し、その後六年ほどは存命だったようだが、没年まではわからない。

聖女《マドンナ》——傀儡《くぐつ》無常——

1

『更級日記《さらしな》』は日記というより回想手記というべき作品である。「東路《あづまぢ》の道のはてよりも、なほ奥《おく》つかた」に育った作者が、十三歳になった年の寛仁四年(一〇二〇)九月、父の上総《かずさの》介《すけ》の任期を終えて共に上洛する旅の記事に始まる。一行《いっこう》が足柄山《あしがらやま》(相模《さがみ》と駿河《するが》との国境となる)の麓《ふもと》に宿りした時のことである(現代語訳で記す)。

月もなく暗い夜で、闇《やみ》にまどうような処《ところ》でしたが、遊女《あそびめ》三人がどこからともなく、私達の前に姿を現したのです。五十歳ほどが一人《ひとり》、二十歳《はたち》くらいが一人に、十四、五歳かと思われる者達でした。私どもの宿の前に長い柄のついた大きな差し傘を立てて彼女らをすわらせ、付添う男どもが灯火をともし、見れば、その昔「こはた」とか言った者の孫に当たる者だと云う。髪がとても長く、額から垂らした髪が美しく、色白で、こぎれいな様子で、それはそれは宮仕えの下仕えにでもできそうな娘たちで、見ている人達もほめそやしていると、歌い出したその声は何とも譬えようもなく素晴らしくて、夜空に澄み昇ってゆくかと思われるほどに立派に歌うのです。人々はとても感嘆致しまして、身近に呼び寄せて声をかけ楽しんでおります。ある方が「西国の遊女はとてもこんなに素晴らしくは歌えまいよ」などと言うのを耳に致しますと、「難波あたりにくらべたら（私どもなどとても及びません）」などと今様風に当意即妙に歌い返してくるのでした。見たとここぎれいにしている上に、声まで譬えようもなく素晴らしく歌い収めて、これほど恐ろしげな夜の山中に彼女らが立ち去って行くのを、人々は別れを惜しんで皆泣いているのでした。当時幼なかった私も心中印象深かったその宿の地を翌朝には立つと思うと、名残の尽きない思いでおりました。

著者の菅原孝標女はこのように懐古している。忽然と夜の闇の中から現れ、歌舞を見事に演じて立ち去る遊女たち一行。まさに宿の前は一時の舞台となり、男たちに挑げられた灯火はスポットライト、夜の闇は緞帳にほかならなかった。

彼女の父孝標は、道真・高視（大学頭）・雅規（文章博士）・資忠（文章博士・大学頭）と続く五代目に当たる。その子の定義（文章博士・大学頭）も漢学の家風を継承し、高視以外は詩句を今日に伝えている。そして、『蜻蛉日記』の作者道綱母は叔母に当たり、彼女自身も『夜半の寝覚』『みつのはま松』『みづからくゆる』『あさくら』などの作品をほかに執筆している女流作家であった。

2

その孝標女には甥に当たる、即ち定義の子息に是綱（大学頭。一〇三〇―一一〇七）、在良（文章博士・式部大輔。一〇四一―一一二二）がおり、父同様に当時学儒として名高かった。殊に在良は院政期の文人学者として同年生まれの大江匡房（一〇四一―一一一一）と共に、平安時代現存最大の漢詩集『本朝無題詩』（全十巻）の有力な詩人のひとりでもあった。彼は恐らく前掲の叔母の文章にも目を通していたと思うのだが、知友の匡房に後掲するような興味深い（おもしろ）詩のあるのを知って、思わず微笑（ほほえ）んだのではなかろうか。

大江匡房と言えば一般の人には、

高砂（たかさご）の尾上桜（おのえのさくら）　咲きにけり外山（とやま）の霞立たずもあらなむ　（『後拾遺集』120）

の『百人一首』歌が名高かろうが、実は彼は歌人としてはもとより、当代きっての博覧強記の漢学者・詩人としての足跡が極めて大きいのだ。ともあれ先に言った一首を挙げてみよう。

傀儡子孫君
旅船逢君涙不窮
貫珠歌曲正玲瓏
翠蛾眉細羅衣外

傀儡子（くぐつ）の孫君（まごきみ）
旅の船（ふね）にて君に逢い　涙窮（きわ）まらず
珠（たま）を貫（つらぬ）く歌曲は　正に玲瓏（れいろう）たり
翠蛾（すいが）の眉は細し　羅衣（らい）の外（そと）

紅玉膚肥錦袖中
雲遏響通晴漢月
塵飛韻引画梁風
才名如此運如此
縁底多年随転蓬

紅玉の膚は肥えたり　錦袖の中
雲も遏まる響は　晴漢の月に通い
塵も飛ぶ韻は　画梁の風を引く
才名此の如くなるも　運は此の如し
縁底ぞ多年　転蓬に随える

（『本朝無題詩』巻二）

現代語訳　旅行く舟の中で思いがけなく君に出会い感激の涙は尽きることもない。君の歌う曲はまるで美玉を貫ねるようで、実に澄んだ美しいものだ。薄衣の外に現れた蛾の触覚のような眉はほっそりと美しく、また錦の衣に包まれた紅色の玉のような肌は滑らかにむっちりと張りがあり、艶めかしさに溢れている。空行く雲もとどめずにはおかない素晴らしい君の歌声は晴れ渡った星空の月にまで届き、塵を飛ばすかと思われる妙なる調べは美しい梁に風を起こすかと思われるようだ。芸の才能・名声もこんなに素晴らしいのに、その宿運がこんなに拙いとは……。一体どうして長の歳月まるで転がる蓬のように、定めなく旅から旅への生活に身を委ねてい

るのだろう。（七言律詩）

「傀儡子（かいらいし）」は古くから「くぐつ」（「くぐつまわし」とも）と訓（よ）まれて来たようで、人形使いのことを言う。音（おん）は「カイライシ」なので妙な訓（くん）だなと誰しも思うだろう。起源はどうやら中世朝鮮語の「kuktu」にあるようで、更に溯（さかのぼ）れば、トルコ語やジプシー（ロマニイ）語、古代ギリシア語とも関わりうる語とも言われているようだ。ともあれ、歴史を溯れば、朝鮮半島にいた、人形を操（あやつ）り、歌舞などの技芸を披露して人々を楽しませていた芸能集団が、古い時代に日本に渡来して根付き活動していたことに起源があるようである。匡房の詩も、『更級日記』の「遊女」も、今日で云う娯楽を提供する芸人を描いているわけだ。その「孫君」は彼の時代に最も評判が高く人気を博したアイドルやマドンナ的存在だった……首聯（しゅれん）からそれが窺えよう。勿論今日とは違いDVD映像やCD音声も存在せず、ライブの情報とて摑（つか）めるはずもない当時のこと、その憧れの本人との思いがけない出逢いは奇跡に他ならなかったから、彼が一入（ひとしお）感涙に咽（むせ）ばずにいられない気持ちも良くわかる。頷聯（がんれん）では彼女のエロティックな姿態に作者の眼が注がれている。「紅玉膚（こうぎょくのはだ）」と言ってもなめらかで美しく化粧された肌の意で、リンゴの紅玉のように真赤ということではない。白居易の「陵園妾」（墓守女性の歌）という詩で、宮中の美女の形容に用いられているのに倣うが、更に古くは前漢時代の伝説的美女姉妹である趙飛燕・昭儀が「弱骨豊肌」で「色如二紅玉一」であったという例にも溯る由緒ある？語なのだ。「肥」は今日いう、ふとってる、という意味とは少々異なる。「天高く馬肥ゆる秋」という言葉もあるが、誰も腹によけいな肉が付いてぽっちゃり？した馬など想像しまい。ここの「肥」はつまり充実した張りのある体軀、むっちりとした様子を表現しているのだ。「雲遏」とは、昔薛談という人が師の秦青に歌を学び、まだ十分修めきれぬうちに帰郷を願い出た。そこで師が送別の宴で歌を調子をとり悲し気に歌うと、その声は林の木々をふるわせ、空行く雲もとどまるという素晴らしさで、薛談は帰郷を思いとどまったという故事をふまえている。この故事は『百人一首』の、

天つ風雲の通ひ路吹き閉ぢよ乙女の姿しばし留めむ　（僧正遍昭。『古今集』872）

の詠作にもインスピレーションを与えていよう。「塵飛」は、魯の虞公の故事。彼は美声の

持ち主で、彼が歌うと梁の上の塵まで動いたという伝説をふまえる。先の語と同様歌声や音曲のすぐれていることを表現する常套表現。後白河上皇の『梁塵秘抄』の書名はこの故事によっている。

3

ところで、孝標女が記した「遊女」と匡房の「傀儡子」という呼称の違いが気になるという読者もいよう、どう違うのか、と。匡房には「遊女記」「傀儡子記」という当時の風俗を描いた記録文が残っているので、その概要を現代語訳で紹介すると次のようになるだろうか。

淀川の流れは河内の江口（大阪市東淀川区）を経て、摂津の神崎（尼崎市神崎）、神崎川を隔てた対岸の蟹島（大阪市淀川区加島）へと下る。その江口・神崎・蟹島の地は人家が軒を並べ、倡女が群居して小舟を操り旅の船（大きな船）に近寄り枕席を薦める。彼女らの歌声は渓雲を遏め、韻は水風に飄い、人は帰宅も忘れる天下第一の歓楽の地だ。

江口は観音という名妓を元祖とし、蟹島は宮城を宗家と仰ぎ、神崎は河菰姫を長者とする。いずれも倶尸羅（美しく鳴く鳥）や衣通女（美貌の女性）の生まれ変わりかという者達で、公卿から庶民に至るまで、人の心をうっとりとたらしこみ、閨房の秘技を尽くして慰める。貴人に迎えられ妻妾となることを祈願して、百大夫なる道祖神を守り神とする。かの道長様は小観音、頼道（通）様は中君を寵愛され、後三条院には狛犬・犢なる長者が舟を並べて推参し、人々はまるで「神仙」かと思ったとか。（「遊女記」）

傀儡子は定住せずテント暮らしで、男は弓馬を使い狩をしたり、剣技やお手玉をし、木の人形を舞わせたり相撲をとらせたりして操り、沙石を金銭に、草木を鳥獣に変える魔術を披露する。女はといえば色っぽい化粧でしなを作りセクシーな歌を唱い、妖美を追究し、旅人との一夜の契りも嫌わない。課役（納税や労役）もない自由の身で、耕すことなく土着せず、王公も役人も怕れない。百大夫を祀り幸を祈る。東国では美濃・参河・遠江の輩を豪貴とし、山陽の播磨、山陰の但馬がこれに次ぎ、西国の者は更に下るとされる。名のあるクグツの中には「孫君」らの名もあり、彼女らは韓娥の塵を動かし、餘音(よいん)は梁(はり)を繞(めぐ)り、聞く者は涙して自(おのずか)らとどめえず、と称賛されている。（「傀儡子記」）

これらの記事をふまえつつ敢て私見を記せば、基本的には「傀儡子」とは男女からなる芸能集団であり、「遊女」はその中の歌舞などを披露し、時に枕席を薦める女性とみて良かろう。もっとも、中には芸技より枕席の方に中心を置く者もおったであろうことも想像に難(かた)くない。そして、傀儡子と言えど絶えず移動している者達ばかりでもなかったことは右の記述や次の詩からも推察される。ここで、地方の傀儡子を詠む詩も次に挙げてみよう（『本朝無題詩』巻二）。

傀儡子

穹廬蓄妓各容身
山作屛風苔作茵
棲類胡中無定地
歌伝梁上有遺塵

傀儡子(くぐつ)　藤原敦光(あつみつ)（一〇六三―一一四一）

穹廬(きゆうろ)に妓(ぎ)を蓄(やしな)い　各(おのおの)身を容(い)れ
山は屛風と作(な)り　苔は茵(しとね)と作(な)る
棲(すみか)は類(に)たり　胡中(こちゆう)に定めたる地無きに
歌は伝う　梁上(りようじよう)に遺塵(いじん)有るに

旅亭月冷夕尋客　旅亭の月の冷き夕に客を尋ね

古社嵐寒朝賽神　古社の嵐の寒き朝に神に賽す

貞女峡辺難接跡　貞女峡の辺に跡を接ぐこと難く

望夫石下欲占隣　望夫石の下に隣りを占めんと欲す

秋籬花悴蛩知夜　秋籬　花は悴んで　蛩も夜を知り

青冢草疎馬待春　青冢　草は疎に　馬も春を待つ

濃州傀儡子所レ居、謂二之青冢一。　濃州の傀儡子の居する所、之を青冢と謂う。

閑停短牆談笑好　閑かに短牆に停まり談笑好すとも

一時軽勿診交親　一時　軽しく　交親を診みるなかれ

現代語訳　テントの中に見目良き女を育てて身を寄せ、山並は屛風、苔は敷物として暮らす。その栖は胡地の匈奴の定住の地無きにも似て、すばらしい歌声は梁の上の塵に伝わり人々を感動させずにはおかない。旅の宿の月の冴えざえとした夕べに客を尋ねてやって来、古い神社の山下しの風の寒ざむと吹く朝方百大夫の神にお礼詣りしたりする。クグツの女が貞女峡の名に負う貞節さを受け継ぐなど到底無理な話だが、夫を待ちこがれ石に化したと伝える恋慕の情に倣いその隣りに棲みたがることはあろうか。秋の垣根に花はすぼみ、コオロギも夜を知って鳴き、青冢の草はまばらとなり、馬も春の到来を待つばかりだ。〈美濃の国の傀儡子の居住地を青冢と謂う〉旅人よ、静かに丈の低い垣根に留まりクグツの女と談笑を楽しんでも良いけれど、一時の感情から軽率に男女の契りを求めたりしてはならんぞよ。（七言排律）

美濃の青墓（大垣市）は近くの野上（関ヶ原町）と共に傀儡子の地として名高かった。『詞花集』に入集した歌人に青墓の名曳、後白河上皇が『梁塵秘抄』を撰する時、院中に召された者に青墓の傀儡子がいたし、源義朝は青墓の延寿に子を生ませ、というように歴史に刻まれた、今日風に云えば芸能の聖地みたいな所と言って良いかも知れない。慈円は「一夜見し人の情は立ちかへり心に宿る青墓の里」、飛鳥井雅経も「尋ねばやいづれの草の下ならむ名は大方の青墓の里」などと、当代の名だたる歌人も偲んでいる。漢詩中の「青冢」が「青墓」と同意（冢も墓も「はか」）であることは訳文で理解されたと思うが、漢語としての「青冢」

はあの前漢の元帝の後宮に居た絶世の美女王昭君の墓の地として名高い。彼女は匈奴の王に嫁がされた悲劇の女性として物語化され、その故事は中国古典詩は勿論、日本でも説話として語られ詩歌の題材とされたが、白居易や杜牧（八〇三―五二）らには「青冢」（冢は塚にも作る。同じく墓の意）と題する詩もある。わが王朝人にとっても「青墓」は「青冢」に重ねられ、〝雅〟なる印象を与えていたものと思われる。

傀儡子　　　　傀儡子　中原広俊（一〇六二―一一三二）

傀儡子徒無礼儀　　傀儡子の徒には　礼儀無し
其中多女被人知　　其の中に女多きことも　人に知られたり
茅簷是近山林構　　茅簷は　是れ　山林に近くして構え
竹戸屢追水草移　　竹戸は　屢　水草を追って移る
旅客来時心窃悦　　旅客の来る時　心窃かに悦び
行人過処眼相窺　　行人の過ぎる処　眼にて相窺う
歌応折柳是家産　　歌は応に折柳　是れ家産なり

業不採桑何土宜　業は桑を採まず　何の土宜かある
宛転蛾眉残月細　宛転たる蛾眉は　残月のごとく細く
嬋娟蟬鬢暮雲垂　嬋娟たる蟬鬢は　暮雲のごとく垂る
千年芳契誰夫婦　千年の芳契　誰か夫婦とならん
一夜宿縁忽別離　一夜の宿縁　忽かに別離す
売色丹州容忘醜　色を売る丹州は　容　醜きを忘れ
　丹波国傀儡女、容貌皆醜。故云。　丹波の国の傀儡女は、容貌皆醜し。故に云う。
得名赤坂口多髭　名を得たる赤坂は　口に髭多しと
　参河国赤坂傀儡女中、有下多二口髭一之者上。　参河の国の赤坂の傀儡女の中に、口髭多
　号二口髭君一。故云。　き者有り。口髭の君と号す。故に云う。
施朱傅粉偏求媚　朱を施し粉を傅け　偏に求き媚び
徴嬖幾祈神与祇　徴嬖　幾たびか祈らん　神と祇とに

現代語訳　クグツの輩は人としての礼儀などに拘れない。その一党の中には女子の多いことも知られている。彼女らは粗末な茅の軒を山林近くに構えたり、竹を編ん

だ住居をしばしば水草を追うように移動させる。旅人がやって来ると心中ひそかに喜び、人の通る処を目で窺う。歌と言えば旅路を送る「折楊柳」の曲を聞かせることで、それがいわば彼女らの生業。桑を摘む野良仕事などしないから何の産物もない。彼女らの美しい眉は細い夜明け方の三日月さながらであり、また、あでやかな髪はたおやかな夕暮れ時の雲のように垂れている。だが、永遠の契りを交わして誰も夫婦となることはない。一夜の契りが宿命で、明ければたちまち別れがやってくる。クグツといっても様々で、女色を売る丹波のクグツ女は容貌の悪いのにも頓着しないし、名高い参河の赤坂（愛知県宝飯郡音羽町）の地には口髭という女がおるそうな。紅をさし、おしろいをぬり、ひたすら客を求めて媚びを売り、己の愛されることをこれまで一体どれほど天地の神に祈ってきたことだろう。（七言排律）

句中に見える参河の赤坂も先の匡房「傀儡子記」に依ると「豪貴」を誇る地だった。参河守大江定基は出家して寂照となるが、それは入れあげた美女赤坂の遊女力寿のはかない死に道心を発したものという説話が残る（99頁参照）。それにしても「口髭君」とは少々不気味ではあるまいか。女性にもきっと体毛の濃い者はいようが、口髭が多いというのはどういうことだろう。そう思ったのは私だけではない。江戸時代の初めの頃の林読耕斎（羅山の息。一六二四―六一）もこれに目をつけたひとりで、次のような詩を残している。

赤坂髭君（二首）　赤坂の髭君

鎖子観音現婦容　鎖子観音　婦容を現すと
神崎長者性空逢　神崎の長者に　性空逢う
髭君試比垂鬚仏　髭君は　試みに比えるに　垂鬚仏ならん
美色淫声迷殺儂　美色淫声　儂を迷い殺す

現代語訳　夢中に菩薩が婦女の姿で現れる、と告げられたあの性空上人様は神崎の長者にお会いになり、その化現に感涙にむせんだと伝えているが、この髭君はためしに譬えたら垂鬚仏というところか。美しい顔、挙げる淫らな声は、我を悩殺することである（なお「鎖子」とは、菩薩が有するという鎖のように連なる骨相のこと）。（七言絶句）

韓娥餘音繞梁欐　韓娥の餘韻　梁欐を繞る
赤坂今看傀儡師　赤坂には今も看ん　傀儡師
趙炳徐登匪無例　趙炳と徐登の　例無きに匪ず
疑男化女尚留髭　疑うらくは　男の女に化して　尚お髭を留めしならんか

現代語訳　韓娥の素晴らしい歌声の餘韻は美しい梁をめぐり三日も絶えなかったと伝えている（『列子』湯問）が、赤坂には今でもそんなクグツがおるそうな。術師の趙炳と徐登（もとは女性で、化して丈夫となり巫術を行ったと伝えられる）のような親密な関係の前例もあればこそ、きっと口髭君というのも男が女と化して、なおも口髭を留めていたということではあるまいか。（七言絶句）

なる程、男が女に化ていると言うことであろうか。もっとも、色の欲は男と女の間だけではない。男色の世界もまた否定できないのは歴史の現実である。従って文学作品にも時にその一端は窺えるわけだが、これも豊かな風俗の世界を垣間見せてくれる中世という時代の一齣とでも言うべきであろうか。

4

さて、先の読耕斎の詩に見えていた性空上人（九一〇？―一〇〇七）のことである。天台僧の彼は三十九歳の時に書写山に登り円教寺（姫路市の北方）を創建する。名利に背を向け仏道に精進して六根清浄（煩悩の汚れがすべて除かれ心身が清らかになる）を得、皇慶・源信らの僧と交友を持つほか、花山院や具平親王・慶滋保胤（寂心）・大江定基（寂照）・藤原道長・和泉式部ら道俗の帰依者も多く、説話世界でも名高い存在である。先の逸話を『十訓抄』に依り、現代語訳で紹介しておきたい。

書写山の性空上人は生身の普賢菩薩をひたすら見奉りたいと寝ても覚めても祈り願っておられたが、ある夜『法華経』の読経に疲れて脇息にしばし凭れてまどろむと、夢中に「生身の普賢を見たいと思うなら、神崎の遊女の長者をみよ」という示現があり目覚めた。不思議な気がして出向き、神崎の長者の家に辿り着くと、丁度都からの客人を迎え

て遊宴乱舞の最盛りで、長者は鼓を打ち乱拍子の調子をとりつつ、

周防の室積の中なるみたらひに風は吹かねどささら浪立つ

（周防の国の室積の御手洗という処に風は吹かないが、さざ波は立つ）

と歌った。上人は控え居て、合掌し信仰恭敬して目を閉じた。するとその時長者は忽かに普賢菩薩のお姿となって現れ、六牙の白き象に乗り、眉間より光を放って、道俗男女を照らし、美妙なる声を発して、

実相無漏の大海に五塵六欲の風は吹かねども随縁真如の波たたぬ時なし

（煩悩を解脱した清らかな大海に汚れや欲望の風は吹かないが、悟りの心を起こす波の立たぬ時はない）

と仰せられた。上人は感涙抑え難く、目を開き見ると、長者はもとの如く女人の姿であって、「周防の室積の」の詞を唱い、目を閉じるとまた菩薩の姿となって法文を唱えなさるのであった。かくして度々恭しく頭を低れ、泣く泣くお帰りになるという時、長者が忽かに席を立ち上人のもとへやって来て、「口外してはなりませんよ」と言うや亡くなってしまったのである。すると、不思議な香りが空に満ちとてもかぐわしかった

が、長者が亡せて遊宴の興も醒め、上人は悲涙に溺れて帰路にも迷うたとかいうことである。

5

菩薩が神崎の長者となって現れたというが、そうしたことは何も昔に限ったことではないのかも知れない。

二十代の頃、私自身はまだ何者でもなく、己の無力、自信の無さや度重なる慙愧と後悔の念に苛まれながら日々を送っていたような気がする。その頃のことだ、少し幼さを残した翳りのある面差しの少女が歌手としてデビューする。程なく彼女は次々とヒットをとばし、映画に、テレビドラマにと大活躍し、いつの間にか美しい品格のあるトップアーティストへと成長してゆく……と思いきや、その二十一歳の絶頂期に、彼女は惜し気もなく芸能界をあとにしてしまったのだ。その彼女とは言うまでもない、山口百恵である。平岡正明の著書『山口百恵は菩薩である』のお称えに、私は躊躇なく店頭に拝跪し、即座に購入して一気に読んだはずなのだが……、その本は今はもう手元にない。だが、あれから四十年の歳月を経てもなお、彼女の歌声は私の耳朶(じだ)に残っていて、消えない。「山口百恵」は……伝説になった……のである。

著者紹介

本間 洋一（ほんま よういち）

1952年生。国文学・漢文学の世界に学びつつ、書の創作にもつとめている（号／惇道（じゅんどう）・秋雪（しゅうせつ））。

博士（文学）。同志社女子大学名誉教授。

詩人たちの歳月―漢詩エッセイ―

2021年10月26日　初版第一刷発行

著　者　本間洋一

発行者　廣橋研三

発行所　和泉書院

〒543-0037　大阪市天王寺区上之宮町７－６

電話06-6771-1467／振替00970-8-15043

印刷・製本　亜細亜印刷

装訂　和泉書院装訂室

ISBN978-4-7576-1007-1　C0095　定価はカバーに表示